XIANGSHANG DE NITU ｜ 陈少林 著

向上的
泥土

中国言实出版社

图书在版编目(CIP)数据

向上的泥土 / 陈少林著 . -- 北京 : 中国言实出版社, 2021.2

ISBN 978-7-5171-3723-8

Ⅰ.①向… Ⅱ.①陈… Ⅲ.①散文集—中国—当代 Ⅳ.①I267

中国版本图书馆 CIP 数据核字（2021）第 010326 号

责任编辑 代青霞
责任校对 王战星

出版发行 中国言实出版社

地　　址：北京市朝阳区北苑路180号加利大厦5号楼105室
邮　　编：100101
编辑部：北京市海淀区花园路6号院B座6层
邮　　编：100088
电　　话：64924853（总编室） 64924716（发行部）
网　　址：www.zgyscbs.cn
E-mail：zgyscbs@263.net

经　　销 新华书店
印　　刷 廊坊市海涛印刷有限公司
版　　次 2021年7月第1版　2021年7月第1次印刷
规　　格 710毫米×1000毫米　1/16　14.25印张
字　　数 210千字
定　　价 75.00元　ISBN 978-7-5171-3723-8

自序　时间的意义

科学家推测，宇宙诞生于一百三十八亿年前的一次大爆炸。那么据此，我们就完全可以认为，在我们人类出现之前，时间就已经产生并运行了一百三十多亿年。无疑，在未来，时间仍将存在并推进许多亿年。

但我们却看不到时间。我们所能看到的，仅仅是日升日落、花荣花枯、潮来潮去、生老病死这些时间的杰作，而时间本身的身影，我们一丝一毫都触摸不到。

时间还催动另一种我们看不到的东西，从而进一步强化了我们对时间的敬畏，那就是风。风是时间的擂鼓手，在时间的号令下，风把植物吹得东倒西歪，把水吹得波涛汹涌，但我们也同样看不到风的形状。

这真是个奇妙的世界！

我常常幻想，假如我们能看到时间的形状，就像能看到经由天空、星辰、大地、山岳和江河湖海以及房舍、草木等所分割、所标示、所映衬、所呈现的空间那样，我们的世界会是怎样的？会更奇妙吗？

但这样的幻想其实是无意义的，因为时间的形状不存在；这样的幻想其实又是有意义的，因为时间无处不在，它创造了我们的生命，构建了我们的生活，推动了大自然的循环往复，开辟了人类社会的历史、现在以及未来。

一切的无意义其实都是有意义的，宇宙和地球的存在绝不是为了空置，曾经和现在以及未来，地球上所有动植物的存在也绝不是造物主的率性而为，所有的存在物，都自有其使命。而时间就是一切意义的总成。

由此我得出一个结论：我们所有的声音，所有的语言，所有的书写，都是对时间意义的礼赞。

2019 年 1 月 22 日，我在《中国文化报》副刊发表了一首《时间的意义》的同题诗。我对时间的意义，从另一个角度表达了礼赞。且将此诗作为本书序言的结语——

除了日历，谁看到了时间的榫头 / 是朝内还是朝外？/ 日历是纸制的 / 它可以用来标新除旧，但仅此而已 // 希望改变的是否已经改变 / 有了改变的是否让人欢喜 / 我们的胡须有一天 / 在反复的刮剪中 / 发现了白的成分 / 心里咯噔一下 // 新的一年又来了，蓦然回首 / 旧的一年拖在脚后 / 与许多的旧年连绵在一起 / 形成回不去的时间之河 // 但到底是时间扔下了我们 / 还是我们扔下了时间 / 这是我们一生 / 所有问题中最无意义的问题 / 那就辞旧迎新吧 / 让高分贝的爆竹成为前行的动力。

目　录

第三辑　倾听与仰望

蓦然回首

那熟谙又陌生的一切

仿佛遥远又切近的众星

从我头顶碾过

第一辑

天籁与地声

春天的动与静

这已经不再是什么植物界的奇谈怪论了，人、树木、鸟儿，我们都被拴在同一条生物链上，我们有着同样的生命意义。

——［俄］瓦·拉斯普京《幻象》

静：时空落定

进三步退两步，进五步退三步，一个季节才算完成角色的转换，正式登上时空的舞台。所有的季节都是如此，而春天似乎更甚，春天是踏着没落、板结、了无生气的地带走来的，所以遭受到的阻力更大，需要付出的脚力更多，经历的道路更曲折。不过不能因为夏天是从春天步出，就据此推断出春天是从冬天出发的，我总觉得春天与冬天没有递进甚至传承关系；就像地球是宇宙的异禀一样，春天是地球的异禀，也可喻为横空出世。

人类有游戏规则，春天有自然法则。游戏规则是人类以自身为中心，以意识形态为标准，以利我同时排他为宗旨的契约，除自身之外它是封闭的；而自然法则，却向地球上所有的存在物开放。现在看来，人类正在渐离自然法则，而游戏规则却越来越明细和精致，只有与我们一同生存在地球上的动植物仍在为我们支撑着这个世界，它们的利器就是自然法则。这些生命，这些从春天起就与我们相伴，却被我们轻视甚至遭到我们戕害的鲜活生命，一直在为我们默默地开辟、养护着生存的轨道。

地球文明的创造者是谁，这恐怕是一个问题。

动：水歌唱晚

有些问题我们无须搞得太清楚，例如两栖动物青蛙何故又叫田鸡，蚂蚁在地下穴居却为何属昆虫类，蛇在什么时候交配。我们有必要去管它们的事吗？让它们待在自己的地盘上，让它们过安静的生活，让它们该叫唤就叫唤该溜达就溜达吧。这不仅不是同它们隔离，而恰恰是融合，是生命与生命的相互尊重，是平等。我们没有权利消灭它们，正如我们之间没有权利互相消灭一样！

青蛙的生日未必是形成蝌蚪的那一天。今天是 4 月 22 日，我最真切地感受到一种耳际的饱满和思想的负荷，对我来说今天就是青蛙的生日。依水而生，青蛙的声音就是水做的；从正午起天上有序和间断地飘着水，地上迤逦横淌着的也是，今天青蛙适得其时、适得其所——它们举行今年以来的首次集会。看不到它们的身影，只听到它们昭告天地之灵的密集而庞大的声音：我们来了，我们是生命的一种！它们的张狂让我不忍拂逆，其实我拂逆得了吗？是否这是青蛙成长的一个秘密：从傍晚到晚上八点它们是婴儿期，那声音又嫩又脆，嫩得好似初四五的新月；晚上十二点进入青春期，那声音有刚性，像三月青硬的麦苗；子夜之后，进入成年期，那声音带着嘶哑，却是那么的洪亮，与我们印象中往年的声音完全吻合了。一夜间青蛙奇迹般地完成了成长的过程，随着一阵阵雨的洒脱，一阵阵流水的奔涌，一阵阵青草的伸展。我第一次感触到了事物的细微变化。

我相信，每一地段，例如我经常接触的这万余平方米地带，青蛙有一个司令，它没有副手，也没有秘书。当它发出青铜般低沉而嘹亮的

"呱——呱"声时，"咕——呱，咕——呱……"这地带所有的青蛙便次第直至潮水般叫起来。不知安徽、海南两地的同一种青蛙，发音有没有不同。我想青蛙肯定是有方言的，只是人类无法听出来，这就好比外星人听我们全人类的讲话声可能会觉得是相同的一样。应该说青蛙的声音是它们建有"文明"或"文化"的重要标志，虽然只有具备发声器官的雄性青蛙能叫，雌性的青蛙则缄口不语，但却给了我们它们整个的群体无不在放声高歌的印象。青蛙比我们所饲养的雄性高歌、雌性嘀咕的鸡类神奇！

静：老月隐现

春天的夜雨，阻挡不住月亮的登场。雨停顿下来时，地上便有些明亮，天上那个部位便有些灿烂。那半弯瘦月，本是静静的处子，然而在诡波谲云中穿行。是告诉我们它生不逢时，还是展示它的意志：黑暗终究要被光明战胜？但我认为它无须意义，它就是月亮，一个天体，在它该出来的时候出来了，虽被云层阻挡着，而它趁隙洒下了它的光，仅此而已。有时候，我望着它，觉得它就要隐没了，便低下头来，看着地上隐约显着光晕的积水，等着这水光如烛般被吹灭。有时候，我抬起头来，默数着一二三四，看它在我数到几下时又从云里重新出现。还有的时候，它的出现或隐遁，都使我感到猝不及防。这个晚上月亮的存在是个奇迹，也是个最平常的事件——它多么像我们生活中蓦然回首时的惊鸿一瞥，因而它是奇迹；但亘古以来它就是个存在，是我们所知的万千事物中的一种，它在天上，我们在它下面，它和我们都是宇宙中的事物，都统一在物质的"场"中，从它身上能够看到我们的本质，从我们身上也能够看到它的属性，因而，它是平常事件。关于它美与否，这只是我们的意识问题，我们让吴刚和嫦娥待在它荒漠而富有弹性的土地上，却没有想到过让他们像亚当和夏娃那样结合，繁衍出一种和我们相邻相媲美的文明。绝对的孤独难道就是美？我回到屋里，不忍再想再看。一切都是静的。

但不久就被打破了，我是说雨又下起来了，那沙沙的声音仿佛军队的行进。我不禁再次探出头来，当然什么也看不见。流水的喧哗，并未能破坏掉月所带来的那种内敛的静。

动：雷行大地

春天是否该有一种暴发性的动力呢？我这样想时，谷雨那天果然就打了雷。我看到春天的流水按照雷的指令和闪电的照引争先恐后而有条不紊地滚动。第一声雷竟然毫无预兆，当它到来时像一个势大力沉的凶讯，使再大无畏的人一瞬间都惊悚得噤若寒蝉。这是在夜里，我没能看到野外或街上的人四散奔逃的场面，但仍然可以感到世界的忙乱不堪。约莫三分钟后，第二声雷在闪电的开路下在我们的头顶炸开，虽然有了准备，但我们仍感震惊。之后的雷声因为有了前两声，就显得可忽略不计了。值得注意的是，前雷与后雷的间隔期，天上平缓地轰轰响着，好像谁在边走边摇拍着一只大洋铁瓶，又像一个一贯说话瓮声瓮气的人在对远方喊话。水与火，在碰撞中同时产生；声与电，在碰撞后同时出发，但声音比电光总要慢一拍。事实上雷之声消失了也就没有了，而雷之光暗下去却没有消失，它进入土地之中成了土地的一部分。

雷电之后或雷电与雷电之间，云层开裂，大雨倾泻。"谷粒如雨"！

静：废墟葳蕤

久雨的间隙，我翻过长江大堤，来到江与河的外滩，见到一座狭长而弯曲的村庄，但却是一座被遗弃的成为废墟的村庄。它处在河堤上，沿着河流一字排开，大概有一公里长。河有五十米左右宽，河的彼岸是宽约六十米、长约二公里的沙洲，沙洲的那面就是长江。沙洲有一处被规则地切开了约二十米宽的大口子，使二水在此意外地相连。四野里除水之外，就是疯长着的天然植物，可谓芳草萋萋。不过这杂草的世界里也间杂着一小片又一小片的庄稼，而且，有些神奇的是，那一截四面环水的沙洲上也不例外，油菜、蚕豆、豌豆，凡是这个季节该有的作物都有。

这是一片已放弃的居住之地，到处都有土垒的残垣断壁和破罐瓦砾，都被草掩没了，要走到边上才能发现。曾经宽敞过现在被草见缝插针逼得很窄的道路很有些曲径通幽的意味，走下去总盼着前面能见到什么。我看到一处斜坡上，在一堆破损的渔网旁，用砂砖小心地支放着一只倒扣的木船，几乎被废油毡包得严严实实。不能判定这只船是进入了永远的休眠期，还是伺机待动。不多的树在草丛中犹如被放逐的将军，在众木中显出了高度。成为废墟的那时起，这块土地就开始隐藏秘密，谁也解不开了。除了河流本身的声音和它上面行驶的运石料船的马达声，这块土地没有声音发出，多么含蓄啊。天上漏下来淡黄色的斜阳，说不上是增强了还是淡化了四周的静。鸟适合在这块土地上畅游和寻觅，但我竟然没有见到一只鸟。满目葳蕤。江河流淌。四野高低错落而静寂，天籁无形而无声。天地有大美而无言，废墟亦遵循着"万言万当，不如一默"的原则。

这个地方我以前竟没有注意！看来我又增添了一个世界。

动：雨空飞鸣

其实鸟都跑到有人烟的村庄来了。鸟什么时候也变得不堪寂寞了，这倒是个新动向。在春天里鸟应该是倾巢出动的，但除了麻雀，我确乎没有看到别的鸟在飞，而且麻雀的数量也极其有限，与某一种生命，譬如我们人的数量形成反比。如果我们人类哪一天也生了翅膀，那天上鼓荡、游弋、啸叫的肯定都是人的身体和声音，此外，就是各种飞行器、航天器。我无法想象飞在天上的人是美的，只有鸟，如雄猛的鹰，以及丑陋的秃鹫、黑森森的老鸦、极为平常的麻雀等，飞在天上才是美的。由此说来，不堪寂寞的麻雀跑到村庄里来而不愿待在安静的野外，是否是一种抗争呢？然而，它们无论是一只单飞还是几只齐飞，都是急促的，比黄鼠狼还无自信，它们的叫声也尖锐急促得让我顿生哀怜之心。鸟类，除了被我们驯服的鸡鸭鹅包括鸽子等，清高者俱在远去，谁为它们，掬一捧浊泪。

我应该高兴起来。春雨的缝隙中，毕竟有麻雀在飞鸣，帮助春天也帮助四季，帮助村庄也帮助世界，平衡着动与静，并在动与静之间期待着。

一个夜晚的奇遇

仲春，夜晚，飞沙强裹着多种形态的事物在黑暗中如潮起落。这是大自然周期性的一种躁动，不可避免，却昭示着潜伏在我们生活中的不可预测性，危机或机遇。风，这无休止的，在两千余年前即被宋玉分出雄雌二性的激荡的空气，使我们蜷缩在生存的最低空间。这是一种叫作房子的东西，它不是蚌的壳、龟的甲，即使是钢筋水泥构造，也并不见得比树梢上的鸟窠、篱笆上的蜂巢牢靠，但我们又不得不依居其间。这是世界的真理和悖论。

日间从纷杂的人事中解脱而出，回来后又仿佛被命定似的伏案受精神折磨的我，想舒展一下久结的眉头，便随手打开电视机，只见屏幕上一群人好像就等我到来似的，立即演奏起一支曲子，不由得一愣。这是刘天华先生的二胡曲《光明行》，一支与瞎子阿炳的《二泉映月》格调迥异但终极关怀精神一致的不朽名曲。一种温馨，一种感召，一种力量，伴着那深沉低缓而悠扬的乐音，渐渐弥漫了我。我自认为听懂了一颗包容宇宙亦包容草芥的心。

整个屋子已空无一物，无我，只有原野、天空，只有原初的地母！亿万斯年生命的进化历程，一群群从远古筚路蓝缕渐渐走来的人，犹如时光倒流似的进入我的视野。受苦受难的人，百折不挠的人，真切地仰望到天上那一颗硕大的太阳，而大地之上仍是一片黑暗，光穿不过来，那样的时候还要等许多年。但是快了，已经开始了。一群歌者就在黑暗中行进。此外无数跣足的、赤膊的、鬈色的人懵懵懂懂地活着，在草丛间像作物一样丝丝入扣地慢慢生长。活着就是意义！生长就是繁衍，就是瓜瓞连绵，就是不懈的倾听与仰望！为什么灵感切入歌者的心脏，正义冲入歌者的良知，无畏抵达歌者的胆魄，而草丛间无数的人群踏歌而起？因为文明必须展开飞翔的翅膀！

整个屋子已充满一切。我如尘埃落定。面前显示的是如此局促而又阔大无边的演奏场景，这是比真实还切近的艺术舞台。游戏规则排列、呈现的竟是如此活生生的生存现状和生命的指向！还有如此满怀激情的演奏者，代表的是人类所有的阶层中人，他们为全人类而歌而泣！还有我所处的如此暗沉沉的夜，它在舒缓而激越、淳朴而优雅、悲怆而沉静的乐曲中过滤，几乎使我忘却时空的存在，心灵远翔！

那指挥家不是我的导师，不是我的精神领袖，但此时我崇拜他，他衣袂的飘曳、棒尖的激扬，犹如一根横亘天地的金线，而默契于他棒槌的那群演奏者则犹如被金线系牢的上帝的信徒。可是他们——指挥者和演奏者，只沉浸在神秘的曲谱中，只匍匐在自己所创制的人籁、天籁和地籁中，而不在上帝的悲悯和教导中。

还要提到这个名字——刘天华，黑暗的路途中作光明之行的智者和勇者，江河的水声伴着他，摆脱恶风和狂沙的阻击，剔除着黑暗包裹下的堕落和无耻，让九颗太阳，一亿朵鲜花，遍地的果实在天地之间重放；他不仅参透了在黑暗世界中生命的不可湮没和窒息，更参透了生命历程就是从无数次的黑暗走向无数次的光明，从而最终抵达更高更大更远更持久的光明。他是天地之间的一颗良心。

不停地走啊，不停地走啊，光明就在你前面——谁在播鼓，其声如雷行大地，其音如高山流水！

棒尖，激昂，十指，颤动；朴素、神圣而伟大的乐音在时空中闪亮如电。我有着太多的热爱和仇恨，我反复经受着生命的潮起潮落。一切的黑暗，包括所经受和即将经受的卑鄙、恐怖、残暴、打压、剥夺、陷害以及虚骄、傲慢、偏执、引诱、忽悠、欺骗——被摧毁！

　　这就是一个夜晚的奇遇，平常、偶然而又必然，却扫荡着我心里久埋的恶与弱，并赐予我一生享用不尽的善良与奋发之泉。为此我要记下这样的诗句：

　　黑暗里奔跑的光，把拐杖一步步擦亮！

秋水边

　　已经是秋天了，天气正以它稳健而匀称的步子向最高境界迈进，但由于空气极好，已经足以让生命感到这是经过与酷暑抗争而赢得的最好时光。尤其是夜间，凌晨三点钟左右，一觉醒来，听到屋里和外面那些比我们小得多的生命的鸣叫声，以及看到融融而充满凉意的月光，心中不禁生出一丝歉意，并且搅起一种略带快感的情绪。我们是否长久地辜负了自然意义上的世界，久别了与其他生命交流的舞台？我们与其他生命比究竟谁活得更有意义，或更富于本真状态？在这样深的夜晚，这样美好的境界里，我不敢想得太多，实际也不容我多想，此时除了虫鸣的声音和月的清辉之外一切都是不合时宜的。一只蟋蟀不知藏在哪个角落，手上捏着它们特有的乐器，忘情地弹奏着《月光进行曲》，而西来的月光从窗口流入，如水如幻。一支歌从我心中不可阻挡地升上来。

　　秋水连绵。这天上的水，这庄子的水，这亿万斯年不变的生命之源，在避开盛夏的喧哗与混浊后，圣洁清明地来到了我们的世界。然而究竟是我们的世界还是它们的天地，这其实是个问题。我们太喜欢以主人自居，太喜欢把持话语权，全然忘却存在的出处。面对秋水，我有一种卑微感和如释重负的归属感。一切都不言自明，不需思索，汪洋恣肆而安详的秋水已经升上来了！

　　就是在这河边，我不由得打量起普遍被认为低贱的草。看不到流向的秋水，也使这些草不让我们看到它们的步伐。然而就是这些水边的草却要比花园里的草真实，这在于它们的生存方式和所透露出来的生命的真实信息。我屁股下的一束草，离水约有三米远，是在高处，它们的脚跟曾经泡在水里，现在水已经离开，它们仍然坚守阵地。而就在它们的下面，紧靠水的地方已经生出了几丛新绿，那些草的根部也插在水里。水如果再退一步，这些立在水中的草也将坚守这片新的高地，而低处也就是紧靠水的地方又会有一批更新的草生出来。水退到哪里，草就推进到哪里，而即使就是在水中，就是在远离水边的高地，草都不屈不挠地生长，可谓寸土必争。我感到欣慰，因为我们这些自认为世上最高贵的生命，实际也是草。我们不仅是从草开始进行最初的生命形式，而且在此后的进程中也以草的方式去占据空间。但我们却丢失了在草身上仍保持的一种最本质的东西，它绝非所谓的坚韧或开拓发展之类的玩意，目前我还想不出它是什么。为此我在欣慰之中又感到了些许空虚。

草是生命赖以生存的两大食物之一，我们习惯于称它为素食。恐怕只有人这种"动物"是两者兼顾的，且越来越偏重于"荤食"。这个世界上最恐怖和残酷的就是人。由于人的登堂入室和甚嚣尘上，与我们同出一源的许多动物，怀着忧伤而悲愤的心情大量而彻底地告别了这个世界。不管人类今后的发展走势如何，悲剧的根子早已埋下。生态的平衡既已打破，一枝独秀焉能持久？从这个意义上说，人类无论是以个体的抑或是以集体的形式都将提前走向尴尬的境地。实际素食主义者的行为也只是杯水车薪，因为绝对的素食是不存在也是不可能的：你不吃动物的肉，是认为它是"一条命"，但你所食用的那些草，诸如大米、小麦等，难道不都是"命"吗？它们的喜怒哀乐，它们鲜活的心跳，我们所知多少？我不是虚无主义者，也不是矫情的伤逝者，我是"一条命"，想来实在不比一株草、一只蚂蚁高贵多少。

蚂蚁的意义在于它能使我们感到活得安详。安详是生命的必要，除了天空和土地，就只有生命对生命才能产生这样真正美好的感觉。一队蚂蚁正在辛勤地搬取食物，使我在繁杂的劳动之余因它们的快乐而快乐，但这样的快乐并不是很多，因为绝大多数时候我看不到它们，也不是看不到，而是不知道要去看什么。现在，我绝不会去踩一只蚂蚁，甚至也不会置一只正在偷食粮食的老鼠于死地。二十二年前我有过一次嗜杀的经历，不是老鼠，而是猫，今天想起来还有一种说不出的哀怜之感。那只猫，我们三个五年级的小学生看中了它那能卖九角八毛钱的皮，为了这张皮，我们追打了它整整一个上午，直到把它活活弄死。有一刻钟我们被它的凄怆的哭泣声惊得手足无措。在无人的间巷中，就这样我们进行了一次对生命的谋杀，而对于我来说最终获得的只能是现今越来越沉重的自我鞭打。那愤怒、惊恐、痛苦、哀求交织而最终只剩下哀求的哭泣声，是我的一笔连本带利永远也还不清的债务。生存的权利是平等的，这是我在今天开始懂得的一个道理。

秋水无涯，不过通向秋水总有一条路，只要是泥土就可能是路。我坐在秋水的岸边，不禁想起在到这儿的路上的经历。先是翻过一条著名的堤坝，下堤时踏着水泥的护坡，不免有些遗憾，但这种情绪很快就被没顶的蒿草丛所带来的兴奋感消除了。蒿草十分繁密，有时候就像在庄稼地里一样被裹得难解难分。我不忍损伤它们，而宁愿被它们伤害。我小心翼翼地分开它们，带着劳动的喜悦和手臂上些许的条形伤痕，来到了秋水的面前。还有一条路，它通向水中，是否也要走下去？其实我一直都在无意中做着走向那儿的准备，企图恢复亿万年之前那种原初的游走。水是最大的科学未解之谜之一：它是人类所知最多，也是所知最少的物质。水是我们生活中必不可少的元素，如果没有水地球上就不会有生命。这样的认识一经有人说出来就会得到共鸣，但仅凭双足走向水中的路已经断了，这废弃的故园早已沉入精神的天国。秋水无涯，秋水切近而遥远，神秘而高深莫测。那时候有好几年我都做着将活动范围从塘中移向河里的努力，而后再移向江里。但当我的头插向河水中时，就被惊骇得抬起来：我无法承受河水中那无法形容的声音，那种广阔得无边无际的水声。是的，广阔！河水通江通海其声如何不广阔！尽管每时每刻都靠水滋养，我毕竟背离原初的、真正的水太久了。

"一只土拨鼠，碰碰我的脚／那么突然／宛如一道光，照亮了泥土上／所有意味深长的裂痕。"（沈天鸿《泥土》）现在，"一道光"就在我的眼前闪现，它是否也能够照亮并焊接我心中的裂痕呢？！

草帽歌

现在是秋末，太阳和月亮平分了一些日子的各一半，余下的日子则是阴雨天。没有什么比季节更准确不误地运转，它在你感到炎夏闷热得没完没了时秋凉说来就来了，但现在这个秋末却被绵绵的雨搅得好像没有个尽头。

这个秋末，与往年比，时间还是一样的时间，风还是一样的风，而丰收或歉收、喜悦或懊丧、牢骚或赞颂也几乎还没有变，唯一有所不同的，是面对这一切的人变了不少，一些人脸上多了几道皱纹，心里多了几条伤痕；一些人长出了标志成熟的胡子；而一些人虽然还在这个世上，泥土却遮住了他们的身体和声音。当然与之相反的，一些人加入这个世界中来，开始了漫长而短暂的人生旅程。面对这一切，有时候觉得真是一件高兴的事，但有时候又觉得沮丧。世界就是这般丰富多彩、琳琅满目，生活就是这般循序渐进、循环往复、简单乏味甚至虚脱无聊，但还得过下去，有模有样地过下去，你攀我比地过下去，因为一个人并不属于自己，而属于一个家庭，一个社会，一个国家，并负有一份不可解脱的责任。一种从来也没有人说得清的力量在推着单个的人在特定的跑道上行进，而每一个单个的跑道都不是孤立的，而是与别人的一道组成了大地上的"生活"，就像天上的星系一样，一环套一环，谁也渗透不了谁，谁也离不开谁。

秋末的凋残和平静，极易引发人的幽古之思和"现代心情"，这大概是因为此时大自然充分展示了它生死交替的特质。我自然也不例外，身心俱脆。

我的身心还触到了草帽这种物件。然而在秋末，这种物件已经退出田野这个劳作的大舞台，它的意义何在？草帽这个名词，难道它还能开口说话吗？但我之所以要说草帽，是因为它是一种颇具代表意义的记录文本，一如光盘。草帽，偏正词组，名词的结果，动词的屏障，形容词的心脏；草帽，一个人流动的房子，太阳的假想敌，植物的一种形式，天地之间的一种游戏规则，人身份的一种标志，田野的一种饰物，细想之下的一种沉重与悲哀！阳光下游走着、蠕动着头顶草帽的生命，天地间展示着一种并非风景的风景，你难道无话可说？

一年的将近一半时间，草帽处在动感的状态，成为一种可以忽视但不可丢弃的存在！五月草帽开始出笼，这是为了对应天上的太阳渐渐升高的热力。如果草帽算得上是一种头冠的话，那么这种民间的头冠，弱势的群体人人有份，无须申请、乞求和郑重其事，它只需付出很少的钱就能拥有，只需轻轻一扣就毕。头是人身体上最神圣的部位，太阳是人所直接感受到的最神圣的天体，人两样都不能舍弃，故而，太阳使人不胜其热时，人不敢骂太阳不好，但也不愿作践自己的头，只能弄顶草帽遮挡遮挡。而想不到在另一类人眼里这就成了田园诗的一个主题。所谓草民，恐怕就是因为他戴了草帽，而并非是指他与各种草诸如麦草稻草野草日常打交道。不管是哪一种缘故，那些叫草民的，就是我们的衣食父母，不管他如何憨厚，都理应受到尊敬，而不应用白眼相向。

草帽好像都是一种式样，这是因为耕种者不讲究它的款式，实用就用，就像他们在抢收抢种季节，只要能饱肚子不管吃什么都行。大概商人嫌做草帽利小，用它的人又过于节俭，买来一顶要使用好几年，故对这个市场兴趣不大。无怪乎从没有见过报纸、电视和广播做过有关草帽的广告。不过，草帽的式样还是有男女之分的，就像衣服有男女之别一样。男人戴的是一种顶高檐窄的草帽，女人的则相反。男人的这种草帽的式样颇类似于一种礼帽，我每次看到或戴上它，总觉得它跟旧时那些便衣特务所戴的礼帽是一路货色，使我有时想起感到有种反讽的意味。女人的矮顶宽檐的草帽是有松紧带子的，这种草帽从城里下乡来的人也戴，不过草帽戴在这些来人的头上不知怎的总要比乡下人显得怪气。

草帽就是草帽，它基本还是乡下人的专利。七月，草帽被头汗浸得很脏，使新的变旧，旧的开始破损，用它的人就有些随便，总喜欢摘下来当一当扇子，如此一来，它就又显出了一样好处，却也因此变得更旧和更破损了。八月，九月，草帽还要度过它的困难期，它几乎要被戴它的人从早到晚地依赖，它沉默无语，它无法言说，它的责任就是被谁拥有即为谁当差，这种品质类同于它们的主人。

十月，英雄走到了末路，我是说草帽，由于地球向太阳的倾斜度明显发生了变化，草帽也就退出了舞台，不过不是被主人遗弃，而是随便搁在家中的某个角落，当然如果是已经破得不成形的，就会被随手一扔，落到田沟里或土路上。那些被置在家中角落的草帽的处境有些类似于雨伞，但实际比伞还不如，伞在一年中被用的次数还算均匀，而草帽再次被用的时间就要到来年了。最可怜的还是那些被扔在外面的破草帽，被榨尽了剩余价值的它们，在风雨交加的路上显出的是一种极其破败难看的惨状。

现在是秋末，雨季。泥泞遍野的乡村，忙碌已经停顿下来。人们碰在一块，谈谈收成，谈谈已付出和必须还要付出的，谈谈心里的疙瘩，也谈谈国家大事之类。平静和无奈中，就望望门外的天和地，当目光碰到陷在泥泞中的破草帽时，一种痛惜和负疚之情就不禁涌上心头。

五月的背影

　　她坐在月光下，她的背影仿佛一抹即将淡去的晚霞。

　　这是五月的一个好日子，空气中到处悠荡着成熟的油菜与麦子的温馨气息。

　　我伫立在她的背后，忽然感到，坐在那儿的她，好像起了某种变化。我正无法把握时，便听到一种缓缓的嘤嘤之声。五月之夜那种难得的宁静，就这样叫她低低而深深地打破了。

　　我的思绪如湍急的河流，感到有某种进一步的事态会发生。我似乎看见，有一个黑影，满含着神秘然而却是世俗与铜臭之气，向我们这个方向窜来。我圆睁双目，急急而痛苦地等待着美好与真诚的又一次被踩躏。

　　她是等待一个人，我认为这是无疑的。她的那种啜泣乃是一种有力的证明。她的哭泣愈发使我局促不安，使我逼迫自己要给予更大的关注。

　　想想吧，她倾注全部的沉甸甸的心思、无限的向往与火烫的热情等待一个人，在这五月的有月的置身于村庄与田园而远离着都市尘嚣的夜晚，却一无所获，她因而伤心了。她岂能不伤心？难道她能够保持平静吗？她是没有办法的，她目前只能如此。我不由得恨起她所等待的那个人。他算一个什么鬼，如此没有担当，弃承诺和责任于不顾！她其实大可不必！

　　有很长时间，我毫不感到站着累，只是很担心她会转过身来。她不知道我是谁，她很可能会把我当成正令她失望的那类人之一。她若转过身来，会因大吃一惊，而后像玉与石相碰一样，打破她自己同时也将我打破。好在她没有转过身来，这是比什么都值得欣慰与感动的。我要感谢五月的宽厚与慈爱，让我短暂地拥有一块偶得的立足之地，来实施我快速生长的关切——尽管她的背影就像时间的流逝，不断地把我骚扰得伤心不安。

她身上有种淡而浓的气息，在我也跟着她很伤心时，散发了出来。这与五月田中所洋溢的那种填塞饥肠的气息截然有别。只要去认真倾听而不是闻她的气息，就会领悟到，她的气息是发自那种精神与灵魂的渊源的，是属于我们这些总是在热爱着什么忧虑着什么的人的。她的气息在她伤心的时候更接近于真实，也更接近于田野上花朵的敛息。

一种崇高与孤独的爱情突然在我的心间熊熊燃烧起来。我不知不觉地爱着她，就像爱着我的母亲，爱着我的妻子，爱着我的姐妹，爱着我的女儿，并且超过了爱她们的广度和深度。有一瞬间，我简直无法自持。我想出现在她面前，并且满怀深情地告诉她我对她的了解和理解，直至表白我是她的知音，我正燃烧着一团怜爱之火。然而就像太阳关闭黑暗一样，我战胜了我的难以把握的表现欲和倾吐欲。我实在不敢让她知道我在关切她，她若知道了，这种几近唯美的情感势必会流至物俗的意义而至荡然无存。她对于我来说，是一个渐渐长成、虚无而又实在的无以替代的象征。

她最后叹息了一声。她的叹息，仿佛船桨的欸乃。她的起立，好似划动了一簇水。她的走动，犹如一颗星的移位，无声而无息。

她，走了。而终于没有任何黑影向她逼近过！我认为她因而达到了崇高，我也因之达到了一种饱满和安详。在五月的一个宁静之夜，我曾待在她的背后，她的背影就像一抹即将淡去的晚霞。

林中月与江之月

林中追月与江上逢月，曾是让我大为惊艳的际遇，至今想来仍然那么美好、迷人。

那年四月，二十岁的我，跟季节很吻合，春风浩荡，春意盎然。当然有时也荡漾着莫名其妙的伤感。

那天我在纺织厂上小夜班，一直心神不定。不是平素的那种对工作的厌倦，也不是因琐事而引起的思绪纷杂，好像什么都不是，但总是被什么东西纠结，单纯地纠结着。好不容易熬到下班，已经接近子夜时分。我冲到车棚，跨上自行车就飞奔出了厂大门，引得门卫撵出来大呼小叫了一通。

我来到了离厂仅一公里处的一片杂树林。一到了这里，我突然全身心安宁了下来，就好像闹腾了一整天的牙痛突然止住了。原来我惦记着这个地方，急不可耐地要来到这个地方。不禁莞尔。

我是跑来看月亮的。我看到硕大的月亮已经生成并闪亮登场。这晚的月亮特别圆、特别大，还特别亮，它应该就是近年所称谓的"超级月亮"吧。它热烈而冷静地悬在空中，气场正盛；光，霜一样轻柔、雨一样均匀、雪一样潇洒，一路无形地纷披下来，打在树上，贴在树下的灌木和野草上，落在支撑着这一切的泥土上。月光的意识流所到之处无不像水银似的暗暗得意着！

在月光笼罩下，树林里面的世界美妙得简直无以名状。神秘、安详、静谧，同时又显得坦荡、躁动、蓬勃，很能使人想着一些甚至与它无关的事。特别是从疏枝密叶的空隙里撒下的黑黄交加的网，更使人荡然生情，自觉得此时真是别有一番风味，万事都可以推迟一步去料理。愁绪的丝也可以暂时默默地抽开。

月光下肯定也隐匿着幽秘甚至诡异的事物，特别是树林的幽深之处，月光涂抹不到的地方，一定潜伏着一些或静或动，超出我的认知范围的东西。因为年轻，因为赤诚，因为激情，我不知畏惧。反而，愈是幽秘诡异，愈是能激起我的探秘的欲望。

这时爱情的思想展露无遗。爱神来了，把我的衣服徐徐剥开，把我的胸膛轻柔打开，让我的心袒露在月光下。一种非常充盈饱满、非常和谐自然的情感在这林间地带诗意地荡漾着，使我对自己之前正酝酿的那份感情，不禁变得自信了许多。我想，如果是已经初步拥有爱情的人，在此时此地，他对爱情的自信想必更是锦上添花，美妙得无以复加吧。

如此的林间月夜，是不宜含险恶之心、浮躁之念的，只宜陶然醉月并在陶然醉月中幻想爱情！

那一轮超级月亮不知疲倦，更加起劲地照着树林照着我，最后，我看到它仿佛放下了一架悬梯，伸到了我面前。我轻轻地拂开了它，我不想一个人登梯而去，那样太孤绝。

在这片月光朗照的杂树林里，我爱情的目标初定。至今想来，依然神往。

从那时起，倏忽就是二十多年，我已人到中年，所幸尚未油腻，还保持着些许清雅与孤高，仍敬仰和沉迷于自然之物，于是便又深刻地邂逅了一次月亮，是一轮江月。

那是汛期的一个傍晚，我从家里出来，习惯性地向江堤和江岸的方向悠悠步去。马路两旁的人家都摆出了热天乘凉的架势，有的坐在门口摇着芭蕉扇，有的光着膀子望着路人，一副漫不经心的样子，那与时代不合拍的节奏和司空见惯的神态使我有些吃惊和着迷。而就在这当口，我瞥见了老月亮，它正挂在马路左边某棵树的枝上，淡淡的颜色，鹅白的圆圆的一轮，像一朵慵懒的白云。

马路尽头是江堤，堤下是肃穆、动态的柳林。月亮在我的右前方，我们相互迎迓。在相迎中，它已达到五分的亮度，我则已达到六分的惬意。有一个瞬间，我随意地朝柳林方向扫了一眼，就看到树杈的间隙银光闪烁，粼粼的，好像能听到光与光、光与水和水与水相磨合的声音。神秘的，古典的，大俗大雅的，可遇不可求的江景，以前我怎么没有看到过呢？

但真正的江景还在前面。于是，微风中，有须臾未曾离开我们的先人在推着我往前走，往东走，便来到了江河交汇处的河口。此时，江河二水已汇为一体，沙渚沉没在汪汪的水中，而汪汪之水又沉没在无边的风月中。

这年汛期的江面似乎比过去任何的年份都开阔、苍茫，无数的浪圈零乱而匀整地附着江流不疾不徐地奔涌。我想看到一个完整的圆月在江水中成形，一如在小塘中浮动的那种，但李白曾在采石江扑水捉过的那轮圆月，在这儿，在这个时代，在这个薄暮时分，在我这样一个人的眼中，怎么能够看到呢？这倒不是我的目力所不能及，也不是浩渺的、波动的、湍急的江水不给月亮成形的机会，而是我心中的底蕴还不足以使我达到那样的境界，从而识得大自然的真面目。在这儿，江水只是将圆月消融，江水只呈现质感的白光，能够看到这个层面，对我来说也就足够了。

啊，月亮君临长江之上，竟是这样忧郁又是这样决绝地将柔情洒向空茫的江水！我的心里就有了对"窈窕淑女，君子好逑"的恣意向往，耳中就有了"美人鱼在浩渺的江上迷人地歌唱"的柔婉轻音，那歌声直让我听得叹息。

终于，月亮慢慢移近向江心，将光更多地洒向江水，而光作用于水，产生了独特而新奇的效果，使长江好像成了一条不规则的街道，使两岸逶迤排开的树木、山丘仿佛成了房舍，似乎许多帝王将相、才子佳人、仁人志士、贩夫走卒又从这街上走过。但恍惚过后，我不得不回到现实，那千万人众早已是过眼烟云了！"夫天地者，万物之逆旅也；光阴者，百代之过客。"我的心中不由得生出了一种寞寞的情绪来。

江与月之间的絮语不知说了多少年，现在仍有太多的话要说，我知道飘逸的李太白、沉郁的杜子美、豪放的苏东坡听得懂它们所说，但我听不懂，因为缺乏才情的我只不过是它们之间的一个疵点。愈是夜深，它们的谈兴愈浓。而月的光已达到了九分亮度，江之水也达到了一个激情的沸点。我该回去了，尽管有些依依不舍。在一头平时难得见到的江猪的目送下我往回走，我也频频回头看它，看加深了的水月之光。

攀到堤上，我再回望一眼那江月，不禁朗声吟道：

> 江天一色无纤尘，皎皎空中孤月轮。江畔何人初见月？江月何年初照人？人生代代无穷已，江月年年只相似。不知江月待何人，但见长江送流水……

恍惚中我觉得自己就是那千余年前的张若虚。

思　念

一

度过这几个月，我才第一次深刻地体会到，什么是刻骨铭心的痛苦，什么是不可抗拒的思念！

我不敢说每时每刻都曾将你思念，可每一天我至少心动神摇地想到过你一次！思念的痛苦是我最主要的痛苦；占据我生活的是一块无法剔除的瘢痕！

想不到我与你真如隔在两颗星体上音信全无，只存遥遥相对。

这样的境地，逐渐将我打磨成为一个独自打着油纸伞的诗人。

我口嚼思念的线，目诵往事的篇章，我跌倒在风、雨、泪水、纸屑和黑暗的泥泞中，疲倦地睡去。梦中我又一次与你相见。

最大的痛苦，也是我最大的幸福！

二

我在大街上寻找，寻找我熟识得不能再熟识、令我心动得不能再心动的面孔和身影。

我知道在这条或者那条普普通通的街上，是不可能寻找到你的，但如能见到与你相似的面孔和身影，或许我能够感到一次滋润后的快乐与满足。

然而，当我真的找到以后，心灵的土壤却显得更加干旱与龟裂，因为尽管这一份微笑恬恬如微风轻轻拂过我心坎，这一幅姿态尽管独特得如琴弦的颤音款款入我心怀，但这一个人毕竟不是真的你！

于是，还未等到我沉醉，就被自己唤醒了。

你就是你，是不可替代的！你的一切，独吞了我的思维与时空！

三

整整一个冬季没下过一场雪，无雪的日子太干燥。

踩着沉重的步子，我想踏灭眼中的不时闪烁的那一堆堆熊熊大火。

踏灭了前面的一堆，后面的一堆又死灰复燃；踏灭了今天这一片，昨天的那一片又顺风燃起。

即使突然降下大雪，也无法覆灭这千古不朽之火；即使突然大雨倾盆，也只能似火上浇油！

我身上的每一根血管都是火源！这个冬季，你感到了我的火热吗？

四

我曾经有一个计划：春天来时，去你的家乡。

我踏上柔软温婉的乡间小道，就看到你正在前方款款飞翔。你的秀发飘曳在四月的芬芳中，成为一缕缕不能淡去的朝霞。

你的家被一片片绿莹莹的麦禾包裹，前面有一口清澈的小潭，后面有一方种着各种菜蔬与花草的小园子。看到它们，我就懂得你为什么明静如水、善解人意、纯朴善良了。

我的到来，使你莞尔一笑。你说："我请你来时你不来，我没请时，你却来了！"

这只不过是我的虚构，犹如空调虚构出的清凉，一遇室外弥天的燠热，便荡然无存。我无法走进你的家乡，就像沙漠无法朝拜大海。一个又一个的春天虽然来了，而我的计划只能是一个又一个不可兑现的梦！

曾经，你柔情的邀约，只通过片言只语，就细细地、满满地深入我的心扉，而今，我只感到这个世界一派壁垒森严。

五

当我想起我们真情的物证、引起我们产生共鸣的那个意象时，就像我们互唤对方小名的时候那样，令我豁然开朗。

它便是一滴水珠！潮湿淅沥的天气里，我们需要一把伞。准确地说，只是等待伞檐下四面八方纷然下滴的水珠，并且只专注一滴。

无数滴水珠从伞檐下飘落，为什么我们只钟情一滴？因为一滴就已深刻，一滴就已定位，一滴就已将我们的前生和今生摄取和珍藏了！

湿漉漉光灿灿，一滴水珠浓缩了大海，一滴水珠歌尽了世界。

遥远而又切近，一瞬而又永恒的一滴水珠，难道不正是我们生命中最基本的水分，最珍贵的琼浆玉液吗？！而今，我们共享的那一滴水珠，还能再现吗？！

六

一张照片在这样的时刻显得多么珍贵，而我没有这张属于我的珍贵的照片。

你曾经答应送给我的，也本应有一张属于我的这世间最亲切的照片。殷切地期待，是我虔诚而艰苦的功课。终于你说照片没有照出你想照的样子，你说会很快再去照一张最好的给我，一定的！

然而直到你忽然地向我告别，我过度地伤感着，竟然没有问一问照片的事，你也是完全地把它忽视了，你的样子是那般凌乱不堪。

而从此就是两地音信不再！

一张照片如今是愈加显得宝贵与重要，它使我怀念你时永远失去了最切近的依据！

怀念的疼痛

在一年最末一个季节铺天盖地的苍白中，或者在一年最初一个节气空空荡荡的等待中，一草一木，孤芳独翠，傲然而悲壮着。温暖的揪心的战栗，划过冷冽、昏暗的夜空，如一粒星子渡向重重迷雾与云翳的彼岸。一枚酸果，躲过最后一个孩童的采摘，在这修远的路上，被我默默品尝。

我曾把诗行抛洒得满天飘飞，只为在一个宁静的午后，能够让你热泪盈眶；也曾把歌谣唱得遍地流淌，只为在一个瓦蓝的早晨，能够让你像鸟儿一样向我飞来。但现在，我并不能断定这个充满朝气的古典式男人就是我，我甚至怀疑这是另一对男女讲给我的关于他们的故事，而并非我们的过去。对此，你若知晓，可能会说我麻木了吧，但现在你在哪儿？你难道不是我手中业已飘散的一缕柔荑吗？

是的，麻木！而麻木缘自疼痛，疼痛缘自你。你就是我疼痛的怀念！你怎么能知道呢？我的思想走不出你的步履无意给我划下的那一个圆圈了，一如月亮永远挣脱不出地球给定的圆圈。我的精神搏动在你的心脏中，却不能去消受你的血液。在你永远也不会知道的这些日子里，我把你滋育得渐臻完美，而自己却日显落寞。

我就活在这样的状态中执迷不悟。除了算是一个幻景的反复制造者，我还能是什么？这不是我人生的一个悲剧就是我人生最有意义的章节。

这种怀念注定是永生的，因而是疼痛的；这种无法替代的疼痛，像霜降在雪上，像油落在火上；许多日子，许多所谓过去和将来的那些快乐、幸福的好时光都无法剔除这种疼痛！这是必然的疼痛——我们就像两辆背向而驶的车子，不得不听从各自的召唤，在苍茫的时空中各自远去，距离成倍加大，不可逆转，还有什么比这更令人伤逝的！

我握紧了你曾呼吸过的一口空气，抚摸过的一根树枝，以及些许话语。如果留下你写的一页文字就更好了，那样，我对你的怀念就有了最切近的依据，就不致流于空洞和滞塞。

沙地之夜

　　五月的一个夜晚，在麦禾、豆苗、棉棵和油菜秸的热烈拥戴下，在苦艾、蓬蒿、牛筋草和无所不在的马齿苋的密切关注下，我静静地在一片沙地上盘桓了若干时辰。

　　这片沙地同许多地块一样也有个名字，叫"沙荒"。这个只有在穷乡僻壤才有些意义的名字，我觉得再平常不过了，可能是以它为符号的这块地与我曾经太亲近的缘故吧。整块地的面积约为三百亩，最上面是白色的沙土层，厚约六至十米，其下是湿润而硬实、不知深厚几许的马肝土。白沙层是1954年江堤溃破，排山倒海的长江水携带而来的沉积物。我有一段最深的记忆，就是少年时我在上面拔花生禾、摘花生的情景。倒也无甚特别之处，无非是总有烈烈的秋日伴着我俯仰、坐卧、流汗、喘息，略有诗意的，也无非是举目四望时，能见到空茫的远方呈现出类似"风吹草低见牛羊"的景象，而这也不过是散淡地进入眼帘，绝无深意。这么多年来，这段平淡的经历，从我纷杂的记忆库中，像灵感似的，时不时地冒出来。这使我感到欣慰，也觉得有些莫名其妙。

　　傍晚时分，登上二十余米高的同马大堤，顺江流东行一千米，然后背对着长江和江南苍翠的香山下到堤下，约行两千米，便见到一片豁大的庄稼地，它就是沙荒。刚看到它的轮廓，转眼天就黑了。黑暗中我踏上了沙荒地，就像一艘漂泊的船靠上了久盼的岸。脚下是哪家的麦地呢？说不定就是站在我锄犁过、播种过和有一次不小心一耙锄把自己的脚趾挖出几个血眼来的那一块，或者就是那时与我家为争一两寸屋基地而搞恼的那个少年伙伴家的。这些少不更事时的情景想起来竟有些温馨的感觉。脚下迤逦而过的都是哪些人家的地，其实是没有必要搞清的，我的心里，整个沙荒地在这个夜晚都属于我了！

我是历来喜欢 5 月的，尽管这是 5 月的一个无星无月的夜晚，我还是无须理由地喜欢。少年时我是怕所谓白无常黑无常之类的鬼的，这些年当然不怕了，因为我已明白世上根本就没有鬼，有的话，也只在人自己的心里。十几年不见，这片沙地也变了不少。和好些事物一样，它的脾性随和多了。过去它只长花生、山芋、黄豆，现在差不多什么都能种，芝麻、蚕豆、豌豆、高粱以及小麦、油菜，甚至最难侍弄的棉花，一年四季都不得闲。它的既泡松、干燥又板结的表层已得到较好改良，因而它的承纳与产出率也大为提高。我知道，现在沙地上油菜已经收拾干净，麦子正在开割，棉苗不足半尺高，田野显得如同冬季般地开阔与悠远。不过，即使如花似玉我现在也看不真切，确切地看见的是一小片割倒的麦子，我就置身于这片麦禾之上。因为无星无月，露水还未打下来，坐在麦禾上很舒坦。我想，全世界这个夜晚的这个时辰，是不是还会有人像我这样地坐在一片麦禾之上呢？

我点上一根香烟，紧抽了几口，辛辣的烟味刺破了稼禾浓郁的香气。

而远处是更大的一片麦禾，依然柔软而坚定地立着。有嘎嘎声迅速地掠过头顶，这一只或一对鸟儿无疑是低飞而过的，因为它或它们几乎扇起了一阵轻风。不知是什么鸟儿，它或它们飞过，正好契合了禾的根部或土地的草皮开始燃起而游移的水汽的痕迹。

但这些我不是看见的，我凭借的是眼睛之外的感官与脑中留存的印记。

确实，四周是太黑了，头顶之上，是无数层次的黑幕，最上之处无疑闪烁着众星，夜空光芒，只是尚未抵达我的视界。

抵达我五样感官的是一种狂暴异常的声音，一种石破天惊地动山摇的咆哮，仿佛从历史深处而来，仿佛魔鬼和幽灵们集体闪身而出——1954 年夏季，无以计量的江水经由大堤那个溃口，像被测量仪标过似的，不偏不倚地对准着二公里开外当时还不叫沙荒的这片土地，以一泻千里的气势、迅雷不及掩耳的速度和横扫千军万马的猛力，直扑过来，直压过来，汹涌地、狂暴地、混浊地覆盖着这里的沟坎、池塘、道路和草族，消灭和磨平了一切。这片土地好几个月处在长夜中。当这样一个长夜消逝，天亮的时候，它的表层面目全非，变成为一大片在阳光下泛着夺目银光的茫茫白沙地，一派荒凉的塞上沙漠景象，仿佛连寸草都不会再生。

沙荒地的沙土，无论是浏览或是细观，首先刺入眼帘的，就是白，芦花般的白；其次，也是最主要的，觉得极细，细到很难分辨出颗粒状，显得好像不是由颗粒组成，抓一把干燥的沙土抛起来，完全像灰甚至像烟雾。即便如此也只能称之为沙，而不是灰；沙土和灰土是有区别的！这里的沙粒亦如那恒河之沙，无可计数。至于"沙地藏宝""沙里淘金"，这类勾当在此地绝对不灵。此地无金，此地只有 1954 年夏天深埋在沙中的梁木、桁木、椽木、犁铧、旧式家具和牛马猫狗之类牲畜甚至人体的残骸——第一波咆哮而下的江水便将那个叫"十八家"的首当其冲的小村彻底冲卷过来而后急遽埋葬在此！小村顺堤而建，距江堤仅十余米，因为正对着决口和原因不明的猝不及防，全村十八户、一百零八人，还有他们无数的牲畜、无数的财产，一切的一切，顷刻间荡然无存！荡然无存的地方因为成了深塘大池，第二年就建起了一个水面近千亩的鱼苗场，这个鱼苗场至今还在经营。

1954 年的现场，渐行渐远，成为遗址，进入历史的深处。无论多么大的事件多么深的伤痛，经过时间的抚慰、疗治和勾兑，都会风平浪静、烟消云散甚至麻木不仁，志书的厚页里也不过印着几行表示现场也表示遗址的文字，看起来更像是几道无人在意的疤痕。唯有这片沙地，自重新得名时起，它上面一茬茬接力而生的庄稼们，在成长之初都要举行一种我们不知道的仪式——由沙土承办、新月主持、繁星做证、露水观摩、众草捧场、诸虫奏乐、雨雪清场而只有人缺席的盛大肃穆的神圣仪式。

我们因为浅薄，因为傲慢，因为"高端大气上档次"，看不到这一切，听不到这一切，便以为这一切都不存在，都不曾发生，如果我们真接了地气的话，我们至少在二十四个节气的第一天，会听到点什么的。

我有一种感触，就像我又点上的一支香烟所喷出的烟雾一样，混乱而浓烈：水使一切毁损，亦使一切再生，再生者即获得新的名字；所有的存在物首先以名字昭示着存在，然后产生新的价值和意义！生命与水与泥土与阳光与黑暗与光明，离离合合隐隐隆隆的关系和奥秘即在其中。

无论是站着、坐着、趴着，还是躺下来仰面朝天，在这个夜晚，在这个叫沙荒的沙地上都适宜不过，因为所有的泥土都是相连的、迎纳他者的姿势都是相同的，正如所有的水都是相连的、所有的母者诞出生命的辛苦和欣悦都是相同的。

这样想着，我不由得又产生了一种清晰和强烈的感觉：我仿佛置身于1954年的那片水域，脉动而静谧，应接不暇，不容抗拒，黑色的液态，闪着本质的明亮，携着原始的蕴含，使我开始痛惜和出现饱食后的倦怠；黑暗，以及由它笼罩和阐释的世界，使我经历灾祸后仍完好如初。一种重新组合而得到新生的感觉，是痛苦的，更是美妙的。

是否将自己撂倒，就在沙地的这片麦禾上，与一束稼禾一道，呈现为吻别土地的姿势，待天亮后任由父老乡亲把我一并收拾、脱离和整合，然后进入另一片土地或曰另一条通道？无疑我是这样做了，我无法抵御冥冥之中的一种诱惑和自己体内的一种感动。我是说，我将身体笔直地仰躺下来了，双臂枕着头颅，面向着不可捉摸但又平静安宁的夜的天空。融入沙地，贴切地、零距离地融入沙地，虽然只有几分钟，但这短促的过程，却使我仿佛获得了一个世纪的经历。这是一种物质的更是一种精神的姿势，一种有意为之却直奔主题的姿势，此时此地做出这样的姿势我毫不感到滑稽，我只感到肃穆并有些伤感。我们应该对每天都会做出那种低眉顺眼、讨好卖乖，以便索取一点点可怜的利益的姿势，感到滑稽才对。

星河摇动着它那无比庞大的无水之水，有一圈波纹已移置了方位，我虽然没有看到，但我听到了它的声音，它无限悲悯而又无奈地提醒我该回家了，回到有壁垒有灯光的那个空间去，然后好好睡觉，以便明天在职场上有充沛的精力伸展那整套仪式化的姿势。回家和离家以及行走和停顿都是生活法则中的硬条款，为了那可知亦不可知的目标而设置的硬条款，谁也无法更改，更遑论去除了。于是，我的意志发动手足托拥着躯体朝着家的方向行走。

天上星月仍未显现，抬头依然看不到任何光源，但沙地的轮廓却愈显清晰。再黑暗的夜晚，野外其实都是有光的，这种并非来自星月的柔淡的光是宇宙像洒露水一样洒下来的吧。我错落地走过几条垄沟，让来时随着双足而发出轻叹的青草再次相互碰擦；露水已经打在这些草上，我耽搁了一会儿它们的圣餐。沙荒地在我的背后一片肃穆。我心中贮满了一片纯净的感觉。

到山上去

到山上去，是专指到祖坟山上做清明。"清明大似年"，这是我父亲的口头禅，我们不敢不奉为圭臬。

那年清明日是个星期天，天还没亮，我就被父亲叫醒。村里临时派他去外地购买棉花种子，原定他带我们去做清明，就去不成了。命我带二弟三弟代表我家"到山上去"，九点钟在山下与从河街出发的伯父一家会合，然后一同上山。

早饭后，我们三个拎起装着剪制好的清明旗还有鞭炮、香烛、纸钱等做清明的必需品，推上两辆自行车出了门。

老街村和华阳河街这片平原地带，距县城北郊那片低矮丘陵中的祖坟山，有三十里路程。老二一上车就猛踩，我带着老三骑着车在后面只有跟的份儿。老三时不时冲前面喊："老二慢点，慢点，小心骑不到一半路你会累成狗！"

穿过县城往北拐四里路，再在望江二中大门口往西行五里，就是一个高坡。坡下有所小学校，没有围墙，校舍简陋，教室里却喧响着孩子们的早读声。我们找放车的地方。已经有几辆自行车停放在教室的山墙下，应该是先到的大伯家的。山边的人都淳朴，孩子更是赤诚，所以我们把自行车停放在这里是很放心的。

走了一段路，我们就与大伯他们会合上了。爬山的时候，大伯在最前头，两家兄弟五六人紧跟。坡度越来越陡，以至于手脚并用。我问大伯，这个地方几乎没有路了，当年祖父、曾祖一辈人的棺椁是如何抬过去的。大伯说几十年前这里有河，都是船运，不能行船的地方就搭临时栈道，怎么着也能过去。这让我联想到三峡那里的悬棺，心里直惊叹。

堂兄说，这条路不用别人带，他也晓得走。大伯很生气，说："那你就在前面带路，我们跟着你，看看你是不是吹大牛。你们这些孩子啊，虽然也来过几回，我看你们单独来还是会迷路的。想起我们那时候，什么地方只要去过一两次，以后就是闭着眼睛也晓得去！"

我听出了弦外音。已到半百之岁的大伯是担心将来他们这辈人不在世了，我们这代人还会不会来给他们，给先人做清明。他认为我们怕麻烦，怕吃苦，又无敬畏之心。

爬到山顶，居然别有洞天。两侧遍布着碗口粗、十来米高的松树，树根处山花烂漫。还有两间不算低矮的看林人住的茅草屋，一只狗对着我们直汪汪。

对面一座山，就是祖坟山，一侧是松树，一侧无树，却遍布着金黄的油菜。它与我们正下坡的这座山之间，是一条宽阔却久已干涸的河道。我们穿过河道，就开始爬祖先安息的这座山。因为快到目的地，大家都很兴奋，甚至雀跃。

这座山叫老虎包。包，之于山地来说，不值一提，但这座山因为有"老虎"这个定语，就简直给了闻者一种点石成金的感觉。这么有气势的名字，我想应该是曾祖父才秀公取的。过去祖坟山都是各家花钱买的，有专属权，以地契山契之类为据，取个名字或改个名字是分内之事。曾祖父虽然一条腿有点跛，但却是老华阳镇（河街）很有影响的塾师兼讼师，因为在家族兄弟中排行老三，人们都尊称他为三先生。老虎包的命名权非他莫属。

站在老虎包上，三面而望，视野开阔，左右群山迤逦，河道从下面绵延而过，当年进士沈镐先生著作中的"藏风聚气"之态也能在此感受到，只是河道干涸，形势大变，令人遗憾。其实，地学或曰堪舆学并非装神弄鬼，它重在地形景观的探究，与天人合一的古代哲学思想是一脉相承的。

到了这里，不用大伯吩咐，我们突然自觉地变得肃穆起来，堂兄弟们不再勾肩搭背玩笑不断，好像有什么东西在无形地指引着我们。这让大伯有些欣慰。

这儿埋着我家两代祖先。大伯一一指认坟冢，我们一一鱼贯跪下磕头，然后鞭炮响起，香烛、纸钱燃起。他在指着1954年发大水那年在江南帮人看牛害疟疾不幸身亡、时年仅十五岁的我们二伯父的坟时，声音有些哽咽。他还重点介绍了曾祖母，说曾祖母复姓欧阳，是江西彭泽人，八十岁寿终正寝。她的楠木寿棺厚重，送葬那天，运载的木船，从华阳河转宝塔河时，船不堪重负发生倾翻，棺落水，费了九牛二虎之力才捞起来，重新装船，然后归葬到老虎包。

这儿所有埋着的祖先，我们这一代人，都没有见过，我们只能凭想象复原他们越来越模糊的音容体貌。我们只知道他们的名字或称呼，就像天上的星辰，我们只看得到它们发出的光，却看不到它们的本体。

下得山来，走在干涸的河道上，我突然转过身，向整座祖坟山三鞠躬。这座山已无葬新坟的空位置了，且交通不便，产权早已失效，父辈这一代百年之后葬于此的可能性微乎其微，因而我们以后"到山上去"，也就是来这儿做清明的次数，只会越来越少，以至为零。

念及此，我就有了一种隐隐的无奈与愧疚之情。

暗夜飘忽

我常常有这样一种体会，即在怒火金刚似的情绪已然趋向强弩之末时，随意来到一个地方行行停停，就会感到一种平稳、流逝、安详、深奥难测、无主题然而却是规律性的东西在空间跳动。

这种跳动的东西就是黑暗。我认为在空间跳动的黑暗就是音乐！

现在又一个黑夜降临，神秘之幕再次悄然拉开。经历了一天劳心劳力的我，像一只醉鸟儿一样落在了巨龙似的江堤上。忽然我的思想的杂绪纷然消弭，几乎完全没有形状和概念了。原来夜已訇然奏响空空荡荡飘飘忽忽进行曲。天地共奏此曲，其无欲而中和的乐思如丝般调和着我。

而当黑暗的乐声处于间隔期成为"彼在"的事物之时，其"此在"的物质即呈现于我的眼前，遮没了我的光线，充满了我的心空，流遍了我的血管。黑暗，也是一种光，它静悄悄地落到一些平常而运动的事物上，譬如流淌的小溪口、大河的岸边、山顶上。它轻雅地潺湲，它虔诚地聆听，它潇洒地飞升，但没有一点声息地漫过我的面前。它是过眼烟云、一瞬即逝的昙花，大自然中的幻影、飘忽不定的 UFO（不明飞行物），但却是真实的，一如天空就是天空，土地就是土地。多么深沉的天空，多么辽远的土地，在我的头上、脚下、背后和面前，低矮、切近、伸手可摘、张口可食，此时全部成为黑暗的归属。古老而新鲜的江风吹过来了，送过来护堤柳之间发出的瓷器一般的摩擦声，这种声息，使我感到我的头发在轻轻地舞蹈，同时身体里长出了一面哗哗的旗。而身体的躯壳却并没能翩然起舞，它还被一种东西束缚着。

一艘江轮仿佛来自永不可知的地方，映于我的眼帘，那千颗磷似的灯火在平稳的波涛之上极慢地移动着，这速度像极了无风天气里的炊烟，像极了宇空中不停地飞动但不着痕迹看似不动的星星。那么多人，那么多颗跳动的心，他们的家都在何处，现在他们要去哪儿，去干什么呢？他们为什么不能像我这样待在高岸上不动呢？他们在各自的天地之间有过我这样的时候吗？那一船的灯火到底是实有的还是虚幻的，是否像重重云层之上那绝大多数星星一样，其光发自于千万年之前呢？这些钢铁上的时间之客，以及极慢然而却是在坚决地行进的灯光，完全置我于不顾，而只管按既定的目标向庞大无际的黑暗之海中开进，终于消失于我的眼帘——不管这灯火将归宿于何时何地，沿途将遇到什么样的事物，对于我来说不都是虚无的吗？

现在，我的四周，显得真实的东西呈现出来了。莽莽苍苍的柳树林、杂树林以及黑黝黝的村庄、零零星星的村火，疏密相间，互相托付，模糊而似清晰。而树林尤为沉肃，甚过伸展无际的大堤。天空已经布上了严丝合缝的云，没有一丝光亮的天空，好像密不透风的高墙。这个晚上的宇宙就只有一颗叫地球的星星了，但黑暗埋汰了它。大地渺茫，大河敛息，事物隐遁，英雄慵懒而嗜睡，流贼醉酒而无欲，政治流氓不急不躁，经济痞子点钞点得良心发现。而我则几乎忘却了正有一条叫长江的大河就在我的身边流淌，甚至忘却了所立之地叫地球以及它正带着我飞快地自西向东旋转。然而丝毫没有忘却的就是这黑暗，黑暗之下我正盘桓着的路。

此时正是初冬，二十二点整。这个世界非常之沉，沉得像娘胎里传承而来的那一种从天空下坠的飘忽之梦。这个梦，我们早年常靠它回归，它是一个非常安详、令我们永远追溯的实体，但它飘忽得缺憾和完美，飘忽得使人泪如泉涌。然而，秋肃已逝，冬寒正虎视眈眈，物是人非，此生常情，生之难得，何逝可伤呢？！

　　与生俱来的豪情勃发起来了，这是天地合赐予我的飘逸——潜在之力的喷涌：所谓青春，所谓放浪形骸、放荡不羁，回归了。黑暗犹如一片不毛之地，亦如一字未著的纸张，我的永远青春的种子着床其间。生命在经受了自身和他者的丢失、猜忌与隔绝之后，要么激荡而后灭，要么一动不动地消失！我只能激荡。这激荡如黑暗之音乐但无声音，如黑暗之光芒但无颜色，我的声音是在母亲的子宫中悄然地萌芽，我的浪涛是在地层中静静地起伏，我的力量是一种深海中的潜在舞蹈。

　　下雨了！微雨洒进了我的脖颈，这黑暗中明亮的琼浆，供我尽情地畅饮。我醉了，醉如秋江的沉静；我欢唱，只是我嗓门不好，只能改为圆口而啸，这口哨之声使我荡气回肠，使我忘却事物的存在和我自身的存在。我终于如释重负，而一种孤独随之而至。难道这是一种人群中的孤独，一种发现后急欲表达的孤独？我多么希望此时能走来一个人，哪怕是从树林里走来一棵能说话的植物，这个人、这棵树或草不说话也好，只要能够拍拍我的肩膀或者碰碰我的脸就行了。但此时此地，除了我自身，别的人或物能捕捉我的游思，吻合我的情怀吗？在天空下，在大地上，在黑暗中，我是渺小的，而在内心的丰满上，我是伟大的。我的伟大不与任何人的雷同，我是我的伟大，我是我一个人的伟大；我自己的伟大，使我成其为我这个人！

　　二十四点整，我迈下堤坡，万家灯火立即回收了我。在炊烟的气息很浓的村火中，我感到红尘和尘念的遥远和亲切，超过了往日的许多倍。毕竟我是一个虚实兼具、矛盾互动的生命体！

有种怀念叫伤逝

"垂柳飞花村路香，酒旗风暖少年狂。桥头日系青骢马，惆怅当年萧九娘。"这是陈独秀先生的一首题为《灵隐寺前》的七言绝句。这首诗勾起了我的一种豪气的东西、惆怅的东西，还有一种怀念的东西、过往的少年时代的东西。

曾在湿漉漉的雨季里独自啜饮一杯苦酒，也曾在雪花纷飞、冰清玉洁的梦一般的境界里解解结结一种纠缠不清的乱线。而今天，我不知道，在这柳枝摇曳、杨花飘飞的春季的晴天朗日里，潜隐在身体里的那根弦又被什么绷紧，痛苦而孤独，激烈而幽静，仿佛一张撒开的网，宿命地罩向生命的湖底。

"我不知道"，这样说，其实等于向自己同时也向别人无可奈何而又兴奋不已地默默表白"我已知道了"；而"我已知道"这种猎人般的情感恐不是常人所能体验的。所谓非常人，我惭愧地认为自己便属于这一种——当我发觉了在雨中漫步的我、在黉夜独坐的我、在雪国迷途的我，是那般心绪激荡而又缠绵悱恻，是那般富于理想神往童话而又正视人生和现实，并且对着自己孤独而瘦削的影子大喊大叫大哭大笑的时候，我便认定自己必是属于这种人无疑。而且知道世界上我这种人必定有一大批就像星星之遍藏于宇空。我深深地感到这一点，从发自青草和灌木的原始气息，从流水、鸟鸣和无形的天籁中感觉到这一点。我们这种人之间以及我们与大自然之间似乎有一种隐约相通的东西，这种隐约相通的东西肯定与心灵有关，而我们的尘世生活正被心灵之光照耀着，发出了奋斗与进取不息的强音。

也许是过于强调了心灵，我便努力想寻找一种新的张力，来淡化雨、雪、柳絮和阳光以及经由它们派生出的诗、酒什么的，以捌除过去的岁月里许多值得回味的日子所蒙上的那一层厚厚而伤感的灰尘，使那些日子重放光彩，使今日增辉，更使来日生色，最终使自己真正而完全地进入"当代人"这种角色。我感到这是一种使命，我深深地感到这使命已然深镌于我的内心深层。总有一天，我相信它一定会完成，不在此岸，即在彼岸。这其实便是走向了一种崇高或终极的标准，朝着这个标准迈进，我一定会获得无数次小小而又辉煌的成功，而这种成功的极致将不在于它的场面而在于它的悄无声息和内在的甸实。

过程漫长而又坎坷。如果在这过程当中，我想起了宇宙以及生命的起源，并且目睹到了那种昙花一现旋转不已莫衷一是的东西譬如UFO什么的，我将会感到一种渺小而茫然；但如果我不去想那些，而心中只牵挂着人类社会的漫漫进程，我便会觉得我是一个借助历史借助时代的惯性和生力正在张扬个性的神圣生物。"这样想"的时候很多很多，"那样想"的时候也很频繁；而"那样想"的时候无疑会给我许多无法理喻却又充满着神秘感的东西，"这样想"的时候则会使我感到一种踏实的悲壮和美丽。现在，我坦言，如果成功能使我走向辉煌，我呼唤成功追求成功，但挫折如果不愿抛弃我总是热情地光顾我，那么，我就不停地拥抱挫折歌唱挫折吧——有一种挫折比成功更接近于成功，也更本质因而更坦诚更深刻更引人孜孜向前。这是一条生命的永不变淡的红线，我清楚这是一种不息的动力。命定我坚定地走向目标。

命定我今天这么书写和抒发。一种轻松和恬淡弥漫在我的心空，因为我总算是把握到了什么，并且把握得愈来愈紧。但我同时又感到了一种含糊和乏力，因为其实我并没有表达清楚什么，我只是不知为什么为流逝的那无数的事物、无数的思绪、无数的动与静，以及无数的层出不穷、循环往复，用年、月、日、时、分、秒并不能完全表述的过往时间，说了些不甚连贯的话语，仅此而已。

一切区别于"现在"和"未来"的时间，都理应称之为"过去"。既然是站在现在的位置上，为过去哪怕是刚刚过去的一秒钟发话，都是不折不扣的怀念，而那些有关将来的话语，就算是站在当下的制高点上弹奏的进行曲吧。

而怀念是一种永生永世的情感，它常常引导生命流连往昔，即便是错误或悲惨得不忍回首的往昔；它也引导生命展望未来，即便那未来缈不可测。那么最后，让我再怀念一次吧，让我再对着那流逝的时间之河唱一曲永远的先哲的心声——

子在川上曰：逝者如斯夫！

走野地

一

从杭州回到家乡过年的时候，有一天，我骑了辆有碍观瞻的旧自行车，在一只狗的跟随下，前往三十多里外的远村，去看一位从上海打工回来的旧友。晚饭后，就带着朋友硬塞到手上的伞和电筒，匆匆往回赶。

出得村子不远，天就黑了，果然下起了冬日少见的大雨。寒风在荒野上凌厉地尖啸，乱扯着我肩扛的雨伞。路面很快变得湿滑起来。我感到有一种可怕的邪恶力量正在挟持我。

仍是来时的路，但看不清，只能任由玄彪在前探察。玄彪就是跟着我的五岁的狗。来的时候，每走一段路，它就在路边撒次尿，然后胡乱刨几掌土，它的尿的气味就是我们的路标。它长得很像藏獒，只是比藏獒要小，全身披伏着黑黑的长毛。我满意于它的善解人意。

歪歪扭扭地骑到一座小桥上。小心翼翼地推着车，却一脚踏空，连人带车滚到积满水的沟渠里。爬上岸，摸到桥上坐下，半天也回不过神来。车、伞还有电筒全落在沟里，也顾不得了，就让它们在此落户吧。

失去了自行车，路又不大看得清，还有二十多里路真不知道该怎么走。好在有玄彪。但到了一个岔路口，它竟有些迟疑，在那儿来回倒腾着步子。

玄彪与我们家有缘。那日，妻从街上回家，有只小狗跟着她跑，她也没在意。只是到家掏钥匙开门时，听到嫩嫩的猞猞之声，才发现它跟到了门口。小儿、小女把它送走三次，一次比一次远，但每次一转身它都跟在后面。猫来穷，狗来富，便接纳了。我便为它取了这个我有些得意的名字。"玄"，黑色，沉静，高贵，可压制我的浮躁和尖锐；"彪"，雄性，机智，爆发力强，可促发我的敏捷力和灵气。

玄彪很快探准了前进的方向。但它再敏觉，也不能消除接下来我身上越来越不妙的感受：冷雨像虫子般往脖子里灌，风似刀子一样刮着脸，耳朵冻木，右膝部位还有点疼痛，而路上的泥泞更沾脚了。这样又行了一程，干脆坐到地上。屁股一落地，全身顿时松快，如同牙齿钻心地疼了一整天后突然不疼时的那种感觉。玄彪抖了抖身上的雨水，贴我而坐。我们被迫欣赏这看不清的荒野。一个人走陌生的夜路，就是在平时，就是在白天，心里也是虚的，而走在这风声凄厉、雨水乱抽、四野暗无际涯的夜路上，感觉就更为不妙。来时看到过沿路有好几处坟地，坟冢累累，也许近前就有一处。幸有玄彪相伴，我心理上算是有了把利器。

需要全力对付的只有脚下的路，只有身上的冷和疼，还有精神的委顿。正如我艰难曲折的谋生之路那样，前面虽然有隐伏的杀手，但最大的杀手还是我自己。我决不被道路陷住步伐！

二

这个晚上，为了摆脱行路困境，我要与风斗，与水斗，与泥泞斗，与黑暗包围的诡异的空间斗，而在好多年的无数个白天甚至夜晚，在单位里，为了摆脱困境，我要与形形色色的人斗。

我从十八岁起就一直在一家纺织厂工作。我参与了这个厂的初建和历次扩建。这个厂的地基原是一片大水塘，它是由1954年夏天，长江的一处溃口的激流直接冲击造成的。1981年，镇里发动上万名男女劳力，锹挖肩挑地从别处搬来大量的泥土，奋战了整整一个冬季，才将大水塘填平，为的是要在上面建这个纺织厂。

第一批招工三百多人，我是其中之一，但我进厂去上班却比绝大多数人早了半年。那时厂房刚竣工，只有几个县镇参与建设的干部和十几个城里来的技术人员在厂里上班，需要有人为他们做饭，于是我和另三个家离厂近的新招工人被选中。我负责做早餐，每天早晨天不亮就要去做，其实也简单，就是熬一大锅粥。但我心里不痛快，叫一个从未做过饭的小伙子烧火做饭能痛快吗？这还不是主要的，主要的是我担心，到时三百多人都进了厂分配工种时，把我安排的就是烧火做饭这个岗位。我进厂为的是做一个身着油乎乎夹克式工装、手上握着二十四寸大扳手、在车间里摇头摆脑的机修工，可不是要当个娘儿们似的烧火佬。还有一个首当其冲的问题，每天起得那么早，黑暗的夜路，荒凉的野地，让我发怵，特别是到了简易的临时厨房后，马上要到一里外的清水塘挑两担要用的水，而那口清水塘的对面是一片坟地。早春的冷风吹得坟地上黑压压的树木总是发出尖硬的怪啸。三天不到，我就赖在家里不想去了。我母亲就叫我上小学四年级的三弟每天早晨跟着我，陪着我走黑路、挑水，天完全亮时，他再赶回家去上学。这样安排，哥儿俩都不愿意，但是拗不过母亲的好劝歹劝和父亲的斥责督促。就这样我坚持当了半年的专门熬粥和挑吃水的烧火佬。大批人员进厂时，我被分到梳棉车间做挡车工。男的当挡车工几乎就是个屈辱，但比起做烧火佬还是要好很多。

此后十余年，厂长换了三任，我也从车间里的挡车工先后"升"到机修工、消防员，直到厂部文书。第四任厂长Z来了没两年，要我当办公室主任。我是一个"文"人，写点材料差强人意，但要当个需要八面玲珑滴水不漏的厂办主任，就是为难我。Z跟我明说，说我那个前任为人鬼祟狡诈，而我呢，人实诚，还时不时地在市报上发表文章，他就看准了我。我看他说话做事显得诚诚恳恳堂堂正正，不好意思再推辞。

之后的几年，经过扩建，我们又在离厂子三里外的地方新上了一套生产线，建了个新厂，并单独领了工商执照。两年后，Z把老厂厂长的位置让给了副厂长 Y，自己去专管那个新厂。五个月后，留在老厂仍当办公室主任的我，就开始经常接到 Z 来电话叫我到他那边去一趟，见了面却只和我闲聊。有一次，刚坐下，他就甩给我一包相当高档的香烟，然后亲热地拍着我的肩膀说，我们兄弟不分彼此啊。这种亲切，以前从未有过，我有点不安。

有外面的朋友告诉我，Z 是拉拢你们呢！他活动到县里当企业局副局长，成为真正的国家干部身份的事黄了。彼时为了向上面的人显示决心而让出了老厂，他现在想从 Y 手上要回来，可是 Y 岂能拱手相让啊，那么他只能采取非正常措施了。

我如梦方醒。很快发现，我们这边几乎所有的科长、主任都在暗中和 Z 保持着不同寻常的联系。这令我十分烦恼。我所处的位置决定我脱不开争斗的圈子。凭实力，Z 战胜 Y 是迟早的事，从个人的利益出发我应该站在 Z 一边，何况是他提拔我当的办公室主任。但我不能损 Y。Y 是个老实人，作风正派，对我也很诚恳。实在是哪一方我都撇不开。最后还是下定了决心，此后不管 Z 怎么热情地邀请我去"玩"，我都找理由坚决地推脱了。

这等于是公开向 Z 表示了藐视和挑战，他岂能忍受？

Z 临走时从门卫提上来的安全科长跑到我办公室来首先发难，说我手下的人节日发给他的苹果分量不够。我说，谁发到你手上的你就去找谁。乖乖，他一巴掌拍到我桌子上，气势汹汹地说："我找的就是你，你当主任的干什么吃的？"我说："你讲话客气点。"他抡起粗大的拳头就往我身上砸，我顺手举起一只机凳挡在胸前，那只大拳扑地一下就击在凳面上，然后就是他蹲在地上直唤哎哟。哎哟一阵后，就往外跑，还不忘回头威胁我说："你等着等着。"我说："我一直在等着。"那天没有等到他，因为他上医院去了。那只手，中指骨折，食指损伤。第二天早上他吊着一只膀子来打卡，见到我时竟没吱声，反受到 Y 的一顿批评，说他跑到别人办公室寻衅滋事，身为安全科长大为不该。

第三天，Z 安插在我们这边充任小车司机的小舅子，也来发难了。

也许是吸取安全科长的前车之鉴，此人和我对垒，只骂不动手。如果实施武力，我肯定会惨败，前天我只是意外之胜。骂当然还有写，他们一百个人加起来都不是我的对手。所以这场骂战此人坚持了两小时，最后还是理屈词穷地败下阵去。

第四天，我和 Y 都意识到，我们上了 Z 的一箭双雕之当。他指使人来闹，既可出我不理他的那口气，又能扰乱我们这边的工作秩序，而闹的人却又全是我们这自己厂的人，与他丝毫无涉。

我们有了防范，但也架不住 Z 变本加厉地使用各种招数，车间生产还是被搞停了。不停产才怪呢，我们的科长、车间主任还有工长、值班长等骨干，经常被他那边的人邀去吃饭喝酒打牌，送给香烟水果等，还许以 Z 以后将会如何如何地给他们好处。而我们的 Y 在这方面却像一只铁公鸡。我向他提示过多次，他总是说，钱是用来搞生产经营的，不是用来吃吃喝喝、搞歪门邪道的。

Z 抢先将停产情况上报。镇里、县里火速派人下来调查处理，其结论便是：Y 对企业管理不当，不适合继续担任厂长。

Z 大摇大摆地回来重新坐了第一把交椅（那边新厂当然也是他当厂长）。几乎所有的科长、主任都成了有功之臣，我则成了异类。既庆幸又要命的是，他没有将我驱逐到车间，而是专设了个办公室常务副主任的位置让我坐。

三

我在路边的矮树上胡乱摸索着，好不容易扯下一截硬树枝，权作拐杖。又定了定神，重新挪起步子。越走越乏力，只得又一次次地坐到地上歇息，有时真想就这样坐到天亮。每一次都是玄彪跑过来咬紧我的衣角拖我起来，我也每一次都要等着它来拽我。玄彪成了这个夜晚我唯一的亲人。狗的义举有时候令人震撼。某年的一天，江西九江市一驾校的师傅买了一条死狗带回单位食堂，放在锅里煮。隔壁一户人家养的四个小狗崽被肉香引了过来。一职工夹了一块肉给它们吃，突然狗妈妈赛虎冲了过来，一脚踩住狗肉，并发出凶狠急促的吼叫。它把小狗都赶走，自己却留下来，直对着地上的肉，对着锅里的肉吼叫不已。有人以为它想多要肉，就又从锅里夹了几块扔到地上，但它将肉拢在爪下后，仍对着锅狂叫。食堂里的人越来越多，都聚在锅边等着吃肉，赛虎突然长号一声，吃掉了地上的狗肉，不一会儿就在地上痛苦地翻滚、抽搐，然后七窍流血，含泪而死。几十个等待吃狗肉的职工都惊呆了。原来食堂所炖狗肉内含有"毒鼠强"，其量足可毒死一头牛。

今晚玄彪特别令我感动，它就是我的赛虎。

我突然想到，Z曾在一次会上也提到了狗。他大言不惭地要求所有的人都必须彻底地忠诚于他，并说，不要像有的人一样，忘恩负义，连条狗都不如。当时正在做会议记录的我是悲愤交加，侧面墙上正好有一面大镜子，我看到里面的自己，紧咬双唇，面红耳赤，气色难看得要命。

四

此前的指桑骂槐还只是序幕，接下来就是正戏上演了。Z对我做的工作没有一样表示满意，哪怕是完全按照他交代的意思去办的。他对我起草的材料也是横挑鼻子竖挑眼，有时甚至在上面画上几个大红杠，批上斗大的两字："扯淡！"我那些"功臣"同事们，当面背后地讽刺、排挤我。工资在同级中定为最低，经常连开会也不通知我，文件也不发给我，甚至外面找我的电话他们都给截住不让我接。

终于我与Z发生了一次正面交锋。那天他又把我叫去，先是拐弯抹角老调重弹地说我立场不坚定旗帜不鲜明，最后竟直指我知恩不报，反与别人一道害他。

我被完全激怒。我说，天下哪有这样的道理？依法变更给别人的东西，施展见不得人的手段抢回！这个东西还不是哪个私人家的，而是公家的，由几任厂长和先后几千名职工共同创造和积累形成的！哦，参与你阴谋的就是功臣，不愿参与的就是罪人？我就是不愿参与这种勾当，我已经是罪人了，你要怎样就怎样吧，干脆点，老子不怕！

说完，我把他办公室的门掀开，走了出来，然后回手猛地将门带上，声音大得出奇，好像整座大楼都晃动了一下。

Z居然没有对我采取新的行动。我心里明白，因我在报刊上经常发表一点东西，在本地小有名气，他怕硬撵我走有损厂誉，便只得采取"软裁人"的种种办法，逼我自己开路。看来除了一走了之，赖下来也没多大意思。但是一想到自己在这个厂刚创建时就进来了，辛苦了近二十年，我就心痛。对，我不能走！我绝不自己走，等他来开除好了！

不久，到处兴起了企业改制热。一些企业或因经营不善，或因管理者的搞鬼，成了空架子。企业倒闭，对地方财政收入和人员就业都不利，于是上面就借鉴外地的办法，推行企业内部承包制，并优先转给原任厂长。认为这些人摇身一变成为企业老板后，责任心会极大提高，会自觉把之前以种种手段装进自家腰包的钱拿出来投入生产经营当中。这个想法是好的，但对有些厂子就是不灵。

我们那个厂也整体转让给了Z，他成了老板，得意是不消说的。许多人认为这次我是彻底歇菜了，哪知过了一年多也不见动静。有人向我透露，一次开会，Z说企业应有人写写东西，如到外面去招个人来，待遇恐怕不能给低，既然某某不愿走，那就让他继续充当便宜的笔杆子吧。听了这个话，我真想再次冲到他那儿，捶他的桌子，啐他几口，然后扬长而去，但还是克制住了。倒不是怕失去这份已无多大意义的工作，而是想到既然已打定了不走的主意，就必须坚持下去，而且还应加倍认真做事。

一次，Z随县领导到省里开一个会，会上由他的助理念了我本是为他起草的一份发言稿，受到了县领导和与会同乡的一致好评，县人大主任细致地询问是谁写的，说县两办恐怕无人能写出这样的文章。从省里回来后，他的助手将这一"情节"跟我讲了，而他也"召见"了我，说我今年干得不错。

打这之后，他对我时达三年的重点"围剿"似有了鸣锣收兵的迹象，还给我涨了点工资，尽管仍比同级的低很多，但这却让我压抑三年的精神状态有了明显的好转。

<h2 style="text-align:center">五</h2>

继续走，继续想。而在前面蹚路的玄彪，则好像是在牵着我走，牵着我想。那三年，多么像这个漫长、寒冷而潮湿的冬夜啊，我困于其中，靠"坚忍"这两个字支撑着艰难地行走。但我的坚忍，并不是降低人格向邪恶妥协，而是一种平常的操守。它使我在浊尘冲荡中以平实和执着保持着独立，最终获得了一块精神和时间的高地。但我的坚忍，如果和笛福笔下那个在杳无人烟的孤岛上遭遇异乎寻常经历的鲁滨孙比，如果和雨果《海上劳工》中那个孤身一人在海礁之间连续与惊涛骇浪、与饥饿、与巨大的章鱼进行英勇搏斗的吉利亚特比，实在是微不足道。

今晚在风雨野地上的艰难行走，更是显得轻如鸿毛。然而，在茫无际涯的宇宙中，地球和人类的出现实在是一个绝无仅有的奇迹，因而也是一幕悲壮的景象；我们的过去是悲壮的，将来必定也是。在如此悲壮的大背景下，我们每一个人的一言一行，我们的拼搏、奋发、向上，也无不透着命中注定的悲壮色彩。因此从这个意义上说，我，一个从不为天下大事操心劳碌而只为一己的生活处心积虑的弱势群体中的一员，过去的遭遇堪称悲壮，而在这个深冬之夜，由于偶然又必然的原因，陷在路途中，坚忍地行进着，应该说也是悲壮的，一种浸入骨头的悲壮。悲壮的大地，坚忍的大地，搂抱着悲壮、坚忍的我，它的怀抱现在是冰冷的，但我感到它的心脏正在酝酿热潮。

诗人情结在我心中鼓荡。我曾经写过些诗，虽发表不多，但我心中一直蕴藏着丰沛的诗情诗意。诗人是一种顽固派、好斗分子、准哲学家、冒险家、伪学者和天生的伤感演员，但诗人内心的真诚、热爱以及为之所付出的坚忍意志却是独可称道的。我这个诗人就喜欢在原野上逛，更沉醉于在下雨的时候，不带任何雨具地瞎逛，大概是觉得来自天上的液体同我心中时常涌动的水分同脉，它们融合后，诗意就环绕着我。而这个晚上，在荒野的泥地上，无比负重无比悲凉的我，是否算是"诗意地栖行在大地上"？

六

后来我对 Z 的厌烦更是高潮不断。他太离谱了。他的哲学就是斗争和琢磨人。他的案头摆放的是白话翻译的曾国藩的书，他常常翻来翻去，还推荐管理骨干们学习。他误读了曾国藩，以为曾国藩在他的团队睿智地为人处事，就是整人斗人，完全体会不出曾国藩的哲学乃中庸之道，重在加强自身修养并以身作则引导别人加强修养。他还将"与天斗，与地斗，与人斗"之类的字，作为座右铭贴在办公桌旁边的墙上，并一直扬扬自得。

有一件事则显示了 Z 的无知和狂妄。他将我唤到他宽大的办公室，去拿他已审定过的我写的一篇贷款报告。我拿在手上稍微瞥了一眼，只见有一处用红笔添了两个字："尤特"。我一瞬间蒙住了，不知是什么意思。原来他将我用的"尤其"改掉了。我哭笑不得，说，尤其就尤其，特别就特别，没有"尤特"这一说，何况这是用到往上送的报告中的，不妥。他说，中国文字博大精深，是可以自由发挥的，"尤特"这个词新。我说任何文字再自由发挥再标新立异，也必须遵循语法，遵循约定俗成的规律。他说，我就这样用了。从这一点上，反映出他无论做什么事情都抱着"自己搞定"的心态。去申报项目，他能搞定；去贷款，他能搞定。而搞定的前提就是送钱送物搞贿赂，用他的话说就是羊毛出在羊身上。

那天我回到自己的办公室，不由得陷入了无语无思的茫然状态，最后突然又冒出了离去的念头，可是就在我准备收拾东西时，心里的那个声音又发出了喊叫：不！你要等着亲眼看到这个人是个什么结局！

七

我又一屁股坐到了地上，玄彪又过来扯我，但我没理它，因为我电光石火般想起了即使是在如此狼狈的境况下，也禁不住发笑的一个故事，我要再一次品味，完了再走。

说是乡下某户人家来了贵客，那家汉子就到集上去买肉。在过一条窄得只够一人行走的田埂路时，恰路的另一头也正走来一人，且那人还挑着担子。二人走到跟前时竟互不相让，也不搭话，只站在那里昂着两颗头，像两头扬起四角的牛。两个犟汉从正午一直僵到太阳快要落山。最后是那个要去买肉的汉子的婆娘寻来，才了结了两雄对峙的局面。这是曾国藩任两江总督时老讲的一个笑话，他将之调侃为"挺经"现象，说是五经之后的六经。这个笑话给我一个启示：路是不能让的，有时候在路上哪怕傻傻地挺住，也绝不相让，这是一种风采。

若干年后，我也许不再记得：在皖西南，一个风雨交加的冬夜里；在古雷池，一条泥泞不堪的小道中；在古战场，一个荒凉的搏杀点上，莫名其妙、无可奈何地坐着、行着、思着一个21世纪初年的男人，而这个人就是我！再若干年后，也许我在偶然翻到这篇文字时，会问：难道我把自己想象为"挺经"笑话中的那个汉子，而把另一个汉子比为Z，比为脚下的泥泞路了吗？对！但我不是在挺着不走，而是努力地挺住向前进！

八

2009年的正月初六，好像没有征兆，好像没有来由，也许是否定之否定，也许是负负得正，我还是主动地辞离了这个耗去我二十六年大好时光、发誓决不离开的厂子。三天后，随我的一个表弟去了天津滨海新区某工地打工。

在交辞职报告的时候，Z自己没有出面，而是叫他的助手挽留我。

我平时对这个助手的印象还不坏。他告诉我，公司已计划开年就大幅度地上调我的工资标准。我说，钱是少得不好意思再少了吧？这些年来，我几乎是半义务半无偿地在为厂服务。但钱还不是主要的，钱少，我就用少一点，别人每周吃七天肉，我吃两天肉便是，别人穿名牌，我穿非牌子的便是，别人开摩托车甚至小汽车，我照骑自行车便是。关键是我无法再忍受Z一直戴副有色眼镜，像高悬的探照灯一样盯着我——从根子上还没有放弃对我记仇、报仇，要用文火慢慢煮死我，这太让人压抑了，你说，我还能待下去吗？

我拎着自己的一摞书刊下了办公楼，然后长吁了一口气。我的眼睛一阵潮润。

其实，我还有一句话没说出来，这句话是：Z这个人，他的世界观、人生观、价值观决定了他不会走得很远！

在天津待了一年多时间，我就转到了浙江，进了一个杭州老板开的公司。从这个老板身上，我体会到了什么叫尊重，什么叫对事不对人，这些都是Z永远也学不会的！

九

父亲死了，我回家奔丧，哭了几场，然后与两个弟弟一个妹妹四家人一道将他送到县火葬场化成了一罐灰，花了一万两千八百元将他丢在火葬场旁边山坡下的一块土里。坏消息总是不断，留在家里的母亲高血压病总是隔三岔五地发，同时犯了腿病，走路困难。我每每听到妹妹两口子打电话来，没接之前就心惊肉跳。我寝食难安，于是干脆又回了一趟家。

于一个晚上，抽空去看了我曾经连续待了二十六年的那个厂。我站在厂门口朝里望，居然没有看到一个人，好像夜里都不生产了。

通过亲友，我知道，那个和我打架的安全科长死了。他被Z找了个借口开除了，后来自己在外面找活干，一次驮棉花包不慎从高处掉下来，当即身亡。还有其他好几个科长主任也都被Z以各种理由"请"出了厂。我很震惊，想到了"卸磨杀驴"这个俗语，也想到了"杯酒释兵权""兔死狗烹"这些典故。

还有意料外却又是意料中的消息。几年当中，Z的厂子搞了两次破产，改了三次厂名。别的老板对于破产是愁云惨雾，而Z对于获准破产却是兴高采烈，原因是他那种破产只是纯为甩包袱——甩银行贷款，然后进行重组，也就是重新注册个公司名。但即使"马甲"频换，也解决不了招不到工等困境，Z也因经济问题而被立案审查了。最让我叹息的是，以前厂子曾多年获得省、市各种荣誉，这几年连县里表彰都见不到它的影子了！

这个厂就仿佛一个生龙活虎、似乎永远年轻的人，忽然奄奄一息，即将倒下，神仙也救不了，令人百感交集。

我当然有过快感，但细弱游丝，并且瞬间就被充荡在心空的伤感之潮淹没。

十

下雪了？地上有点白，我弯下腰摸了一下地面，确实是雪。春天响惊雷，夏天下豪雨，秋天落树叶，而冬天飘白雪，这才合理。玄彪用尾巴直碰我，说明它也兴奋。

好像脑洞大开，我的思维突然"宏观"了一下。想到三十多年前，一声改革开放的春雷响起。从那以后，许多企业特别是遍及乡镇的大大小小的企业，从两千多年形成的野地上出发，走得艰辛曲折，走得磕磕绊绊，这其中经历了多少与落后与自私与龌龊与卑鄙的交战；通过这种交战，实现了优胜劣汰，有的企业经营者陷入自身的局限而不能自拔，沦落为只顾替一己之私绞尽脑汁捞取财富的能手，而更多的人，则成长为爱国爱人民有责任有担当的新型企业家。从野地上走出来的他们，正大步迈进在康庄大道上，展示着令人奋发的时代风貌。

　　玄彪兴奋地撞了撞我。哦，前面镇上街道的路灯清晰可见，快到家了！突然它又叫了两声，因为在最后的冲刺阶段，我有累倒在地起不来的迹象。

　　我亮开了嗓子："走嘞！"把一个赶早市的菜农吓了一大跳。我敲开了家门。瞥见墙上的钟，是凌晨四点过一刻。三十多里路，十一个小时的漫长行走。明天中午我就要回杭州了，得加紧休息一下。

　　现在我想，那个冬夜走的野地，正是我人生之路的一个象征。

在滨海的夜空下

2009 年正月初六，我和妻子双双背着行囊前往天津打工。回望家门时，映入我眼帘的，除了门前五棵高大挺拔的水杉，和水杉下送行的父母儿女等十几个亲人外，那只由我取名为玄彪的九岁的黑狗，也在朝我们凝望着。

那一年我四十五岁，原本在家乡安徽望江县的一家纱厂干了十六年文字活儿，几乎天天起草各种五花八门的材料，包括编写需要上报到县里的简报。让我心力交瘁的是，不仅要专注于本职，还被纠缠在工作之外的各种复杂的关系中，而我的付出与所得却又是那样不对称。在这样的环境中我若继续待下去，势必会发疯。春节前我敲了一份辞职书。他们挽留了三天，我还是离了厂。

我女儿正在读大学，儿子即将高考，我不能坐吃山空，也无山可吃，正好初三日那天我的一个在天津参与搞高架桥预制箱梁工程的表弟来我家做客，说他那个工地做饭的人和看夜场的人各缺一个，问我们是否愿去。我一拍大腿，坚决地说，只要有份活干，做什么都行！

就要离开家了。那儿晚我无法入睡，妻子则默然无语地准备着要带的东西，而一双儿女待在各自紧闭着门的房间里看书、做作业，我知道姐弟俩都在谛听着外面的动静。

表弟他们的工地是在天津滨海新区。到达的当天，我就去看了三里外的渤海。这是我第一次面对一片海，既感新奇又有些麻木。因为是浅海，海水是混浊的。历史上，天津曾叫直沽，我站立的地方和面对的海面，原属于塘沽地界。当年朱元璋四子燕王朱棣，正是从此处率军过渡，而后向南京挺进，夺了他侄儿朱允炆皇位的，后来便有了"天津"这个地名。

我忽然意识到，我离家一千多公里不是来观光旅游和怀古的，于是苦笑了一声，踏着白花花的盐碱滩涂地回到了工地。当天夜里我就穿上了绿色军大衣，握着一截直径四十毫米的螺纹钢，在一群或土或洋、半土半洋、大小不一的狗的簇拥、引领、殿后中，开始了我的工地看夜生涯。

津门正月夜晚的野外，冷得让人浑身打战，于我这样一个从无北方生活经验的南方人来说，实在是个严峻的挑战。多少个冷峭之夜，我不仅需要抵御包围我身体的寒冷，更要抵御侵入我内心的孤独。全世界都睡了，只有我一个人是醒的，我像是上帝抛错了的一粒沙尘一样，在渤海边的滩涂上游荡。海浪的声音敲着我的耳鼓；近处一列列在黑暗中仍泛着白森森颜色的预制箱梁，酷似放大了数十倍的棺椁；高耸的龙门吊宛如卫星发射塔；不远处高架桥的桥墩仿佛从地底冒出的远古的巨大石笋；远处城区渺茫的灯光像缥缈的星空，而天空上的众星仿佛回到宇宙深处偷偷睡觉了。但我不能偷睡，我只能找一个背风处伛偻着随地坐下，点燃一根劣质香烟，只有它才是我的温暖。狗们总是在装模作样地陪了我个把时辰后就悄悄溜回工地宿舍边睡觉去了。我不由怀念起我的玄彪。

冷得实在扛不住的夜晚，我就找来一堆龙门吊轨道的废枕木烧起来。这是我的篝火，也是这个世纪的第十个年头大地上的唯一的篝火吗？在篝火中，我能像我的远祖们一样踏歌起舞吗？不能，不能！我只能就着火光读书。我读《大卫·科波菲尔》，读《双城记》，读《罪与罚》，读《白鲸》，读《海上劳工》，读《悲惨世界》，还读日间在地摊上用十元钱淘来的八十万字的《鬼吹灯》，当我在春天真正到来前读完这本书时，对天下霸唱这个年轻的作者、这个小朋友，佩服得五体投地，而我知道，他就居住在天津市区，离我很近、很近。他让我温暖，也令我害怕，因为他的书中洋溢着民间又香又浓的质朴气息，而群鬼纷涌，又让我毛骨悚然，感觉它们已将我包围，无处可遁。

春天来了又走了，北方的春天太急，好像一眨眼的工夫就到了夏天。最后值得记取的是，天津的夏天很好过，就中午热那么个把小时，而秋天的月亮乃是一景，它们从海上升上来，大得出奇，迷离得让人惊叹。我知道，当它们照着我时，也照着家乡的亲人们，我们共同望月时，就在一个经纬度上了。

2010 年 6 月，工程结束后，我和妻子就辞别待了一年零三个月的天津，马不停蹄地南下到了杭州。

我们在异乡津杭两地的打工生涯至今已逾十载。家乡，已渐渐沉入旧梦。

深夜的风

无比怀念深夜的风吹过许多无眠的夜。

从遥远、空蒙的地方，正驶来一匹马儿，迫近了又突然远去，在我的耳鼓留下空荡荡的尖锐的回声。留不住这匹马儿！什么时候，我再打马而往而返？什么时候它再驮着我奔向那熟悉而又陌生的广袤的草原，回到乡愁依依的家园？

这个世纪最初也是最后一匹雄骏的马儿啊，打从我村庄冷峭而温暖的充满着粮秣气息的深夜穿过，不知可曾想到，这一夜的大风是它坚脆的四蹄踏起的？田野的上空，古老而永恒的天籁仿佛低飞回旋的夜莺源源不息；一种朴拙而幽雅的水墨的线条在漆黑的夜气里急遽扩散；干草堆，蛰伏的房子，宛如破浪的船。

这个永恒的夜，一定有另一个人在另一座村庄里倾听着什么，一定有另一个人坐在遥远都市的一角倾听着什么，隔着无垠的时空界限，这不正是一种共同的疼痛和无上的幸福把我们相互牵连着吗？

第二辑

泥土与云霓

在风的催促下
在闪电的激荡中
流水义无反顾
在苍茫错落的原野上飞奔

向上的泥土

一种大规模的、有如想象中的大陆漂移般的运动，若干年来一直激荡着我的心，使它生发出一种呼呼的经久不息的风。

"风起于青萍之末。"在我还是少年的时候，村子外面有一个规模不小的国营油脂厂，厂里有六座白铁皮制成的圆柱形大油库，一字排开地耸立在围墙边，煞是壮观，也颇为神秘。不知始于何日，每当电闪雷鸣的雨天，我们上下学经过那段路时都异常胆怯——有人说，我们这个地方早先叫雷池，天上打的雷都是雷池里产生的。说者言之凿凿，听者复成为说者，以致当我们走在这六座形状颇似巨型火箭的大油库跟前时，就控制不住地想象：没准这里就是起雷的地方！

很荒唐也很奇怪。但当我不再懵懂的时候，随着许多亲历的事物日益离我远去，一些非亲历的，却又隐隐隆隆地不断切入我的思想，仿佛它们才是亲历的。大概是1992年，我捡到一张三十二开的望江县地图。地图虽已经发黄，蒙着污迹，但字和各种标志仍很清楚，"印于1955年"的字样尤其醒目。这一被人从安徽省地图册上撕下来的残页，使我如获至宝，我正热衷于寻血脉之本、乡土之根和历史之源，因此我的兴趣不言而喻。我的双眼急切地在图上搜索着每一个地名和每一个标志，企图找到对水泊雷池的记载。虽未找到"雷池"字样，却发现了一个很大的湖泊，名字叫"四大金盆湖"。这个名字忽地使我有了一种奇妙的感觉，就像有一幅古画忽地在我面前展开，又像一罐窖藏多年的美酒意外地被启封，醇香溢入我的身心。我深信这是一个富含秘密的名字，"雷池"一定深藏其中。我最后蛮有把握地认定，所谓的四大金盆湖，实际上就是雷池，是雷池的遗脉。

"湖"也好，"池"也罢，作为水名，后来出版的地图上都没有任何记载或标示了，因为水已于1959年消逝得无影无踪。尽管我打从记事时起就极其熟悉那块空间，并在我生命的前二十年简直与它休戚相关、荣辱与共，却再也见不到任何与"湖"或"池"相关的水了。那时，极目之处都是黝黑的、有时青青有时金黄的肥沃的土地，那土地，当我站在坝上时，它就挥发出无限伸展的浩荡气势，湿意弥天盖地，被阳光渲染得色彩斑斓。它就是四大金盆湖——1959年以前的湖、1960年以后的水田。千顷良田，万亩波涛。遥远的年代，一个名叫鲍照的文人，在写《登大雷岸与妹书》时狠狠地瞟过它几眼，所以肯定也有一层泥由于水的折射印下了他的几缕天涯旅人独有的寂寥目光："南则积山万状，负气争高""东则砥原远隰，亡端靡际""北则陂池潜演，湖脉通连""西则回江永指，长波天合"……

这是一片向上的泥土，1959年就是它大写的一年。真正向上的东西未必就是山峰抑或楼群，泥土的向上更具本质。1959年离我出生尚有两千余日，我深信我就是那一年获得了生命。1959年的水悲壮地大逃亡，而泥土势不可当地升上来。1959年最具权威性操作性的词是"围湖造田"和"垦殖"。那场景、那气氛完全不必亲历就由父老乡亲赋予我了。许多地干、县干、区干、社干，被派遣到这个湖沼水泽连天的地方来了，他们绝少有大腹便便的，他们轻捷、负重，他们勤俭、目不转睛，他们虽不乏蛮横，乃至喊哑了嗓子，但赤诚、坦荡、豁达，绝无贪污腐败和弄权的行径。有为数不少者还挂着盒子枪，烘托出战场气氛。在工地上，他们坐卧、转悠、咳嗽、栉风沐雨、宵衣旰食、发号施令、声嘶力竭、蹿上跳下。而梦想着开荒种植真正丰收一场的我的父老乡亲，青年人、中年人，男人、女人，识两个字的、目不识丁的，见过一些世面

的、老实巴交的，都像受龙王爷召唤的鱼一样汇聚、散落、游移在这个
区域，像蚂蚁一样执着、勤勉地忙活着，而他们的老人和孩子则络绎在
乡道上。到处都是一片紧张、忙碌、兴奋的气氛，连村里为数不太多的
鸡鸭鹅、猪牛羊和树丛间屋檐下的各种鸟也跟着莫名其妙地兴奋着。那
个区域绝大多数人，不，几乎是所有的人，一律穿着粗布的打着补丁的
衣服，高卷裤脚，全身沾满了斑斑点点的泥。铁锹、木掀、畚箕、戽桶、
门板、板车、牛车、手推车、独轮车甚至为数极少的自行车一齐上阵，
而船也仍在行驶，它们载的是泥，并在泥上摆动。鲢鱼、鲫鱼、鲤鱼、
鳜鱼、鳊鱼以及黄鳝、泥鳅、乌龟、老鳖等搁浅在千年之水浸泡的泥土
上。还有菱、荬、莲、萍一律破败倒伏着。子弹头状的黑硬的老莲子俯
拾即是，若干年后，村里人还喜用它做推牌九的赌资，光滑圆溜地从这
双手溜到那双手，一五一十地熟练清点后，又迅即从我的口袋中钻进你
的口袋。晚上做儿子的趁乃父熟睡之机从床底的砂罐里偷出些许，日间
到屋山头下的青石板上捶开壳，极惬意地塞进小嘴中，嘎嘎嘣嘣，味道
又脆又香。

鱼让人吃得满嘴腥气，藕让人吃得想起大米来仿佛很遥远。该说道
的不仅是吃得惨烈，拉撒更其悲壮。在没膝乃至齐腰深的烂泥中，无所
谓遮拦，无所谓茅厕，就地撒尿，因地制宜，天经地义。男人显得方便
些，女人就麻烦大了，泥太深，蹲不下来，但总算是有了办法，爬上一
块门板即可解决。至于大解，无论男女则一律需等到天黑后上得坝来
才行。

深冬，整个工地广袤的表层结了一层水和稀泥混合成的薄冰；炎
夏，整个工地荡着熏人的热风和呛人的水蒸气，淤泥的上层烫脚得很。
无论深冬与炎夏，人们一律打着赤脚。无歇息之处，无躲避之地，从天
色麻麻亮，到伸手不见五指的入夜（不少日子还要夜以继日地突击挑灯
夜战），日日一如既往地劳作。但是不管怎么苦怎么累，怎么吃不饱喝不
好，人们都无怨无悔，不退不离。

这是一场真正向上的运动，是一场发自人们内心需要的，和谐、安

详、目标一致的运动。

泥土的上升因而就成为必然。我多么希望 1959 年我提前到达了人间，我多么希望我像科幻中的飞人一样在空中盘旋、扫描。但我也无法找见即将成为我父母的那对青年男女（我想由于间乡隔村他们之间恐怕根本不认识），因为范围太广，人太多了，且二十啷当岁的姑娘小伙穿着完全一样；即使不一样也无法找到，因为所有的人身上都沾满了相同的泥浆，分辨不清衣服的式样和颜色。我发现，这儿其实只有一台庞大无比的机器，而每一个人只是其上的一个小零件而已……

"泥土又高又远 / 我站在它的斜坡上 / 听泥土从我皮肤渗出 / 它是怎样进入我的内部？"（沈天鸿《泥土》）诗人以艺术的形式怀念雷池故土，而我的父母亲那代人，却只会选择另外的形式。例如，我的父亲常常在就着一碟花生米或一碗黄豆米例行公事似的喝着二两山芋干时，喷着酒气训斥我："1958 年在岳西县的大山上炼钢铁，1959 年在本县的四大金盆湖中搞围垦，那个苦吃得……可你们这些伢子不晓得锅是铁做的，整天只晓得好吃懒做，没得出息！"我母亲便抢上前去帮我回斥他："就你吃苦，哪个不吃苦？伢子们有伢子们的福气，你就少啰唆吧！"他们这样有意无意地念叨抬杠，回数多了，十几岁的我，就感到很不好意思，于是我就开始年年"双抢"在那片上升的肥沃的泥土上了。"明天下大湖啰！"在村里我听惯了这样的劳动计划"术语"。上升的泥土挣脱了水的桎梏，却挣脱不了"大湖"这个名称。烙印永生，徽号永存。

其实更为永存的是"雷池"这个典故所打下的烙印。这差不多就像宋江、林冲一班人脸上那样的金印，刮之不去，刀剜不脱！我们的雷池是长江北岸一个与江水贯通面积不过几十平方公里的天然湖泊，原很普通，籍籍无名，默默无闻。公元 328 年，东晋江州（今九江）刺史温峤联合荆州刺史陶侃，共率百万兵，取道并屯驻到了雷池，以伺机东进讨伐叛乱的历阳（今和县）镇将苏峻。此番温、陶二人能够联合进兵，是费了一番周折的，也是可喜可贺的。因为就在上年，温峤正要提自己的一旅之师东去平叛时，他的上级领导、朝中老谋深算的中书令庾亮，针对门阀争斗加剧、叛乱频仍的现状，极顾虑西边自己人也就是这次共来的陶侃乘虚而入。"吾忧西陲，过于历阳，足下无过雷池一步也"，在《报温峤书》中庾亮如此叮嘱。我并不关心那场联兵平叛之战后来进行得如何，它的影响太小了，史书一般忽略不计；我关心并常常为之感叹的是，在进兵与否的讨论中，庾亮顺便发明了"不敢越雷池一步"这个著名成语，遂使雷池声名大噪，成了中国历史上绝无仅有的"禁区"的代称，且其使用率之高，一直居常用词的前列，这点庾亮当初恐怕没有料到吧！而百年后的公元439年之秋，那个被钟嵘叹为"才秀人微，取湮当代"的南朝宋大诗人鲍照，也鬼使神差地来了，但他是从与温峤们恰好相反也即温峤们兵锋直指的方向、东边他的故里今江苏灌云县过来。他是去江州就职的途中停舟雷池岸的，因触景生情，想起要给妹妹鲍令晖报报旅途平安，于是写下了那封文字意蕴俱美、被后人题为《登大雷岸与妹书》的家信，这便使雷池又载入了文学史册。而读鲍文时人们又不可能不联想到"不敢越雷池一步"这个成语及其喻义，这便使已作为"禁区"代称的雷池更加扬名了。

　　和许多本地人、外地人一样，我曾经以为雷池这个地方肯定是风水不好，有什么不吉利的物事，否则为什么到处都有"不敢越雷池一步"的告诫呢？想不到竟是一个古人，出于战略的需要而在一份军事指令中不经意写上的一句话，就让雷池贴上了抹不掉的"禁区"的标签，尽管雷池作为湖泊已经消失，但这个标签却还要让它的故地永远背负下去。这是历史在严肃的话题中对一个小小的地名所在地开的一个小小的玩笑。谎言说了一千次就是真理，再刁灵的孩子被骂多了也可能会成为孬子。我并非说古人在说谎，我们挨骂了，其实根本没有，我想说的是，我们这个曾经叫雷池的地方自从被贴上"禁区"的标签以来，似乎总是与好事无缘。曾经相当长时间是"三无县"（无铁路、无国道、无高速），而临近的十几个县不是有这就是有那。多年来，虽然县里每来一任主要领导就会号召一次全县人民"敢越雷池，进位争先"的思想解放大讨论活动，但无论怎么样"招商引资"，人家就是不愿大步潇洒地走来；"迈步跨越"，自己就是蹒跚地走不出去。这实在有些无奈，有些悲壮。但这能怪古人吗？只能怪自己保守、故步自封，无切实的进取行动！

雷池永远是实体、客体，是湖，是水，是桑梓之地，是神州一角，而不是辞典上的那个喻体！

末了，我想起了"九"，还有"四"，它们同是我们古老但却神秘、充满福祉图腾的文化内涵之一。四大金盆湖就是大水无边的意思。大水在曾经的时空中，仍在不竭的精神海洋中。谁要是想找古雷池的中心位置，可到四大金盆湖来，但当你踏上这块悠长的泥土时，不必失望，古雷池的心脏就在你的双脚下，它正托着你向上、向上……

为了那种筚路蓝缕的生存与开拓精神，我心仍激荡不已。

一只落荒而来的老虎

　　我的家乡安徽省望江县华阳镇，坐落在一块狭长的长江冲积平原上。土地的颜色，油黑中泛着些许褐黄。这样的肥田沃土，四季总不得空闲，盛产棉、稻、麦、油菜、芝麻、花生、玉米，还有黄、蚕、豌、绿诸豆以及别的林林总总的农作物。除了遍布着这些繁盛的作物和植物外，还自得其乐地活动着猪、牛、鸡、鸭、鹅、狗、兔，以及狐、獾、野兔、黄鼠狼之类的牲畜和野生动物，当然，马是没有的，大象、骆驼也没有，豺、狼、虎、豹就更是见所未见闻所未闻。然而，假如有一天，有个轰轰烈烈的消息说，我们这个地方来了一只什么大虫，可以想见，人们会是多么惊骇又是多么兴奋啊！

　　在我家灶屋，母亲正在做饭。两三个邻里的少女和少妇，可能是吃过了中饭，又和往常一样，来我家闲坐和闲扯。我也坐在那里，有些不耐烦地等饭吃。这时又来了个女人，一进门就神神秘秘地说："天啊，来了一只虎，一只大老虎，昨天，在王圩的菜籽地里，弄坏了许多庄稼！"几个女人，包括抢忙抢慌地做饭的我母亲就此热烈地讨论起来。

　　我很是不屑。读过几本书、二十啷当岁的我觉得这些女人真是太喜欢捕风捉影了。我们这里是平原湿地，外围是一些高度几十米至百米不等的小山包，这只傻老虎，它靠什么存活？就靠你们的那些庄稼？笑话！就算它是从外地跑来的，那它是华南虎、东北虎，还是孟加拉虎？

千万里路途，跋山涉水，面对层层阻击，它来得了吗？！

我捧起碗兀自吃饭，可耳朵是堵不住的，这些女人越说越起劲："三月的最末一天，我们老街村王圩组的朱仝（《水浒》里一百零单八将中有此一名，因村人都喜欢听说书，就将这个姓朱的也唤作朱仝，原名遂不得显），在自家满眼金黄的油菜地里，感受到了一种异乎寻常的压力。他不但在傍晚闻到一种闷声闷气的呼吸声，而且日间还查到一种类似于牛蹄印但比牛蹄印明显深的怪异的兽迹。他蹲在菜籽地里研究了半天，越研究越觉得怪异，越觉得怪异就越觉得不对铆，以至大为惊骇起来。他的脑子里轰地蹦出一个概念：'虎啊！'他站起来时，眼前一阵金星四冒，稍一稳定，便逃之夭夭。"

听到这里，我咣当一声放下碗。因在自己家，母亲也在话场，我不便发声斥责，只在心里叹了句："这些无知的女人啊！"

岂料第二天，从大号村也传来发现了虎踪虎迹虎影的消息，这让我有些始料不及。金盆组的杨咸宝，夜间到菜籽地旁的茅厕里解手，忽见到轮廓似牛但绝不是牛的一庞然大物立在一丈之外的位置看着他，且发出咝咝咝的喘息声；那物略动了一下，便有一阵风鼓来，把茅厕上的陈年玉米秸吹得哗哗直响，惊得老杨提起裤子狼狈逃窜。老杨跑回屋里，喘息未定，即叫他老婆招呼来左邻右舍十余人，拿来马灯和手电筒，还带着锄头、木棒、铁锹等硬物，然后大家一起重返怪物现身处，但那怪物早已不见踪影了。于是困惑的众人闹嚷嚷地回到老杨家，然后进行了紧急讨论，结论是，刚才老杨遇到的是一只老虎无疑。

老街村、大号村两天内相继传出发现老虎的消息不胫而走，几乎使华阳镇全镇为之震动。传之者言之凿凿，赌咒发誓，而且时间地点细节人物一应俱全，容不得人们不信，一时真是谈虎色变，母亲们都厉声告诫自己的孩子夜晚不要出门。

这样过了几天，又一则消息迅速传开。早晨的时候，一个叫张思奇的粮站职工在著名的华阳闸前，看到了一类似老虎的东西纵身一跃，跳进了河水干涸的闸门里。又是有时间有地点有细节有人物。好家伙，算起来，已经有三个人亲眼看到老虎了！于是，在华阳镇的各个村庄里、各条镇街上和十几所学校里，包括种地的农民、吃商品粮的单位职工、学生和老师，还有一些机关干部，就都在各自的工作、生活和学习场所——田间地头、村口、打谷场上、操场上、办公室里、食堂里——更加起劲地谈论老虎来到镇里的事了。兴奋，紧张，热烈，神秘，趣味盎然，其乐融融，这种难得的气氛实为华阳镇多年未曾有过，比过任何节日都要热闹。

关于这只老虎的来历和下落，说得杂七杂八，但很快众溪归大河般形成了大致的统一。说是北边大别山那边正在围猎野猪，不期然将一只虎逼到了我们这个地方，这只虎狡猾得很，日间隐匿于华阳闸底或油菜地里，晚上出来觅食，目前还在华阳镇没转移。还有一种说法，也只是修正了一下，说是江南岸香隅坂那边正在烧荒，把香山上一只老虎逼得落荒而逃，最终泅渡过来，但并没有在华阳镇多逗留，因为我们这个地方根本就不适应这种大型兽类生存，所以属于过路性质，现在早就跑到北边岳西那边的山上去了。

我们村的童贯（绰号，其人系我村唯一童姓人，村人也从《水浒》里拿了个名相送），也出来说话了，他竟然说这只虎有可能是被武松打死的那只宋朝虎的后裔。篾匠徐沛乐（家里有一套《水浒传》，我曾借阅过两次，第二次差点没借成），听了很是不屑："你只知武松打虎，李逵那厮还一口气打死四只虎呢，你怎不说是它们的后代啊？"

有人还讨论了性别问题，并得出结论："这是一只公老虎！"理由简单：如果是母老虎的话，那应该有虎犊子跟着，因而它只能是一只孤独的失却家园因而落荒而逃的公老虎。只是可惜，此人没有研究出它的属类是华南虎、东北虎还是孟加拉虎。

十几天后，不知何故，华阳镇来了一只老虎的事，竟然自动地没人再提起了，就好像从未发生过一样。这真像是放露天电影，拷贝盘旋转，故事就在银幕上热火朝天地上演，而电一断，人散去，就只有一块一物皆无的空白银幕悬挂在星空下。无论是虚拟的故事还是虚拟的现实，一律归到了虚无。

到底有没有老虎来过华阳镇？时过境迁后，我有个估计，全镇大概有三分之一的人自始至终相信，有三分之一的人自始至终将信将疑，有三分之一的人自始至终不相信。自始至终不相信的人里头，我和我的好同学程学剑、我的语文老师程大中、我的发小计承胜是最坚定的坚定派。面对甚嚣尘上的传言，我们各自说了一句话（四字言）作罢。程学剑的是：庸人自扰；计承胜的是：愚不可及；程老师的是：不可理喻；我的则是：放屁辣骚！

一只来历不明、身份不明、去向不明的可怜、可爱的老虎，穿过1984年三四月间的重重迷雾，饥肠辘辘地来到我一马平川的家乡华阳镇，最后无可奈何地，尘封在我的一本日显发黄的日记簿上，成了一个永远的谜。

三十年后的今天，我若有所悟：与其说那是一只捕风捉影、绘声绘色、吠形吠声、众口铄金而成的虚无缥缈的老虎，还不如说，那其实就是后农耕时代的最后一支挽歌！

我的棉花地

我怀念家乡的棉花地

它曾，恩赐过我一份特别的温情

如今，它更让我的心

越来越厚实

——题记

我曾经在家乡的一家纺织厂上班多年。在第十个年头，即 1991 年的 5 月 1 号，我所在的那个车间因设备老化而停产，车间全员下岗。尽管我已"官"至值班长，算是厂里的中层干部，也照样被厂里毫不留情地踢出，只能同普通工人一道，从哪儿来回哪儿去。

我快快地回到生养我的华阳老街村。头几天，我日日骑辆破单车到县城瞎跑一气，看看能否找一样适合我这种人的小生意做。折腾了几天，无功而返。

妻子没有埋怨我半句，只安慰我，这反而使我很不安。更使我不安的是，那天上午，我从还没满三岁的女儿口中得知，妻子竟然瞒着我去卖馒头，想以此赚些钱来贴补家用。这是我反对的。我以前曾多次大言不惭地对她说过，你只需把家里的那点地种好，把两个孩子带好就行了，钱的事不用你操心，有我呢。

妻子卖的馒头并不是自家做的，而是从街上皖北人的流动作坊里批发来的。我听了急忙骑上车到街上去寻她，要把她拉回家。在馒头作坊没有找到，我就往码头方向奔。当我赶到码头，一幅场景立时映入我的眼帘。只见在一个角落，我的妻子正靠着自行车呓喝着，而自行车后座上横绑着一只船形的花篾篮，篮里无疑就是批发来的馒头。她清秀的脸庞，此时正微笑着，可是没有一个行人停下来买她的馒头，而她依然在微笑着，呓喝着。她可是从来没有干过这些事啊！我潸然泪下。我不想让她看到我，也不想让她知道我来寻她。我逃也似的跑回了家。

回到家，我坐立不安。在两间陋室里，我面对着一双嗷嗷待哺的小儿女，想起夫妻只有一亩六分地可种的前景，实在发愁。我想过一些途径，如去深圳老乡那儿打工，或者到我弟大学毕业刚落实分配的杭州的那个大公司去看看，但想来想去，还是被自己否定了。突然，我灵光一闪，想到了一个人：我的小舅。我小舅是我们村的村长，我去找他要地种。我说："舅，你能不能将村实验站的地拨两亩给我暂时种一种？"舅舅看了看我，眼一瞪，很不高兴地说："讲得轻巧！别人长到膝深的棉苗能送给你？全望江县恐怕都没有这个道理吧！"

我们这个县地处皖西南长江边，是古雷池所在地，隋代因抬头即可望见长江，被定名为望江县。全县大半土地系长江冲积平原，土壤的水分、养分、盐碱含量、质地，还有气候、温度和空气都颇适合于种植棉花。民国初年就有少量种植，20 世纪 60 年代小规模种植，80 年代规模逐步扩大，90 年代达到顶峰，种植面积为三十余万亩。所产细绒棉享誉海内外，被定为全国优质棉生产基地县之一。棉花就是望江县的特产，平时我们接触最多的农产品自然就是棉花。

我知道种植棉花是非常艰辛而又跨度特长的农活。从选种、拣籽，到打成一颗颗"营养钵子"；从地膜的全部安置停当，到整墒、补苗、除草、抗旱、排涝、反复施肥和治虫；从整枝、掐头、护花、保铃、固桃，到摘下枝上五瓣桃绽放的雪白的棉絮，整个过程历经春夏秋两百多个日日夜夜，需要付出多少艰辛的劳作与苦巴巴的等待啊！

我理解舅舅的愤怒。

夜里，昏黄的灯光下我颓然地坐着，脚下扔了多个劣质香烟蒂，一片狼藉。已经十二点了，妻子搂着孩子坐在一旁默默相对。忽然，外面好像有动静，接着就听到敲门的声音。是不是嘴硬心慈的舅舅来了？这是我心里隐约期盼的，记得当年我求他把我介绍进厂时，日间遭他拒绝，夜里却来报好消息，说不定这次也是。然而打开门一看，却是那个承包了村实验站十几亩棉地的老头。我忙把老头迎进屋，老头只接根香烟却不坐，说是太晚了，一会儿就走。他是闻讯而来，了解了我的情况，想要拨一亩地给我种。老头的话诚恳、温暖。一亩地，约六百六十六平方米，对我来说，实在不算小！我激动无语。老头临出门，拍着我的肩说："伢子，就怕你没耐性，那亩地瘦啊！"

次日一大早我就跑去看地，只见地里禾苗齐壮、郁郁葱葱。我喜出望外，那老头，不，那老爹，他谦逊，也替他侍弄过的地谦逊呢！

就这样，我无偿地拥有了这亩地以及上面现成的棉苗。我满心以为凭着这遍地的好禾苗，获得一个好收成是没有问题的，但不知何故，尽管我忙早忙晚，这一亩地的棉苗却落后了，与别家的比，显得又矮又瘦又黄。原以为种田不过是天下最简单的事，只要勤劳就行了，这才开始亲身体会到什么叫"站着说话不腰疼"。

我站在地头直苦恼，隐约听到有人喊我的名字，只见那老爹倒背着双手慢慢悠悠地过来。老远就喊："伢，光花力气不动脑筋哪行呀？"老爹近前，又说："你没看到吗，你的棉花生虫了，肥也跟不上了，还有大苗欺小苗的情况，得赶快补救啊！"我一下子慌了。老爹的双手不停地挥动着，像个司令一样向我做出怎么治虫、怎么施肥的指示。讲得太多，我实在记不住，但头却点得像鸡啄米，跟若干年前在学校里听数学老师讲代数一样，不懂装懂。

等老爹一走，我就将平素随身带的一支钢笔和一本笔记本迅速掏出来，唰唰唰地将老爹所讲的重点记下来。接着骑上自行车往书店狂奔，花了两元五角钱，买了本《棉花的种植常识50讲》。那天晚上我通宵攻读这本书，将书上的重点结合老爹所讲记在了笔记本上。

第二天清早，我红着眼睛，跑到镇供销社。等了一个小时，门一开，我就大声地嚷着要买农药，买化肥，弄得那个操安庆口音的中年售货员直瞪眼。我买来眼下急用的抗蚜威可湿性粉剂和专杀地老虎的速灭杀丁液，当然还有一只打药机。化肥呢，就买了尿素、磷肥、钾肥。那天我一上午都在地里背着像发报机一样的打药机疯狂地穿梭打药，上半身衣服几乎被汗浸透。

中午匆匆扒了几口饭，我就开始紧张地配弄肥料。尿素、磷肥、钾肥按书上所示配好，并用蛇皮袋装好。人畜肥到自家粪窖用粪瓢舀到固定在板车上的大桶里。鸡粪，就在家里的鸡窠里铲了三畚箕，也用蛇皮袋装好。没有饼肥，我便到父母家那边去看看。在母亲那里，我看到有两个鼓鼓的麻袋靠在墙边放着，知道里面装的全是打碎并掺好了尿素粒的棉籽饼。母亲知道我的来意。她说："没有饼肥吧？从我这里拿半袋去。"说完便拿出一只蛇皮袋，帮我从麻袋里掏饼肥。装好，正准备走，我忽然想起父亲会不高兴，便对母亲说："伯伯回来了就说我会还他的！"母亲说："什么还不还的，不要怕你伯伯不高兴，有我呢！"

把所有的肥料全部装在板车上，并放上铁锹、钉扒、锄头等一应家伙什，我就低头拉起板车，朝五里外的我那一亩地进发。

来到地头，神出鬼没般的老爹就走过来，一脸郑重地解开几个蛇皮袋的袋口，用手从里面掏一把出来看看，还送到鼻子跟前闻一闻。末了，将手拍拍，笑嘻嘻地说："嗯，还行，到底是有点文化的人。"然后大手一挥，又像个司令员似的对我命令："快干吧。"话音一落，人就走了。

药也打过了，肥也施了，然后就是好几天紧张的观察。我看不到一点变化，棉禾还是那样无精打采。此时老爹又适时出现，老远就嘲弄我："你慌什么呀，你要是真急的话，孙子都抱上了。"走到我跟前，只撂下一句"还过十天就见分晓"的诸葛亮似的话，就又隐遁了。

果然在第十五天的时候，我忽然发现，棉禾竟棵棵变得挺拔油亮，特别是原先的矮、弱株更是油亮得可爱。我心中的那个乐劲儿，实难形容。

到了 6 月中旬，藏在棉株密密的叶片丛中的那些小不点的青蕾们，悄悄地开花了，白色的，纯纯的，像处子。然后不知何时又悄悄转成了红花，像披着通红盖头的小新娘。

从现在开始一个多月时间，是棉花绽蕾、开花至结铃期。这期间棉株生长最快，是营养生长和生殖生长并进时期，我又忙碌起来了。首先再弄来饼肥逐棵施上一遍，以满足棉花发棵。其次浇水，好长时间没有下雨了，我采取的是原始作战，即用水桶从三里外的塘里挑来水，逐棵浇灌。最后就是进行中耕，我用锄头将一亩地的地皮铲了一遍，为的是起到抗旱保墒、抑制杂草、促根下扎、提高地温的作用。

8 月的一天，在挑一担一百多斤的粪水途中，我忽然有了灵感，想给这亩地起个名字。我想就叫"薄地"吧。所有村庄的地块都有个名字，诸如什么"王圩""沙荒""乌龟塘"等，村人是有意无意地将这些地块赋予某种纪念意义，并希冀滋润出新的灵气。"薄地"这个名字，也并非我率性而为。似乎假如我种不出好棉花来是要怪地不好，其实我是想到了农业、农村和农民这个沉重的"三农"问题，因为我体会到一个农民的劳苦和他与土地的依存关系，即如我这薄地，它所处的环境使它雨则易涝晴则易旱，虫害、瘦瘠总与它特别有缘，而我的目标却总是要使它努力地长出好棉花来。

农民的命运不正与这薄地的命运相似吗？我对农民辛勤劳作的体会总是浅尝辄止。上学和进厂上班时，虽然所处的环境还是农村，在农忙时也回家帮忙，但只是打边鼓，没有主持过农活，因此也就没有过这些劳苦的经历。虽然近年来农民的生存状态有了很大的改善，但在以前的许多年里，农民却是受苦受难的标志，是尽义务做奉献供牺牲的代名词，是一个遭城里人嫌恶的群体。即便是我，也是迫不得已才回到村里来，只是为了分得一杯可以生存下去的羹。我落生在遍野的野菊花和草叶的秋天的土地上，在离开它十年后又回来了，并且开始以一个农民的身份和情感来生活，难道这个轮回于我不是个昭示吗？

　　现在我是一亩地的主人，并主持农活。我必须真诚地付出，必须深入，必须百事承担。土地是容不得敷衍的，你马虎潦草，偷奸耍滑，它无语，它悲悯，但不给你果实。我已彻底地放下了此前所谓的精神上的重负，放下了往昔那种秀才式的矜持姿态和文士式的不着边际的清高，我已全身心地奔向土地，零距离地投入这六百六十六余平方米土地当中。当我计算着从接管薄地以来，我为它抛洒过多少滴汗珠，流露过多少回失望的表情，诅咒过多少次太阳、雨水甚至蓝天白云而后又赞颂它们时，我便认为我差不多是个农民了，而作为农民，直接和间接等着我的还有哪些？我尚无暇思索。

　　经常是太阳已经落山很久，大地已然黑沉沉，我还在地里转悠。我弓着身让密集的铃桃沉闷地、非常有质感地弹打到我的手背和腰部。这就是土地给予我的馈赠，这就是大自然给予我的别样的报偿，我要好好享受。有时，我还喜欢坐在青草纷披的埂上吸烟，陷入深思，完全忘了该收工回家。

　　有好几次，我妻子，还有母亲，都跑来找我。她们似乎对我有什么担心。十七岁时，我因为严重偏科，被学校淘汰回家；次年又在江堤兴修劳作中，遭遇塌方，右腿严重骨折，躺在床上一整年。那时我一度有过轻生的念头，被我母亲及时发现并制止了。一个人在最青春的时期，有过轻生的念头是不奇怪的，但年纪稍长，还会有这样的念头就是不可原谅的了。目前我虽然遇到了生存上的危机，但这暂时的困难实在不算什么，何况我正在平生第一次地干着最充实最有意义的自食其力的活计，我哪有时间干傻事。亲人们过虑了。但为了不让他们再担心，后来只要天一黑，我马上就收拾东西回家。到家后头一件事就是一手牵着女儿，一手抱着儿子，到门口的村路上溜达，碰到过路的乡亲，总会亲热地打招呼。

　　9月下旬，我的棉花开始裂桃吐絮了。我对全体棉棵进行了最后一次整枝打杈，让它们都得到充足的阳光照射，起到通风透光的作用。同时，动锄进行浅性中耕松土，以防后期土壤板结。

10月，这是令我兴奋的收获季。我感觉到，在一阵暖风过后，棉棵上的叶子纷纷由青转黄然后落去，果壳们完全裂开了，棉絮展开了赤诚的身体，白云铺到我这一亩地上来了！

我用六个手指：双手的拇指、食指、中指，钳夹、掏捏、抓取棉絮。有时候怕晚上下雨，傍晚时，我就连桃壳带棉絮一齐捞回家，晚上再细剥、分拣、剔除裹挟而来的碎叶。因为勤勉，我的棉花只有白棉，几乎没有黄棉和灰棉出现。

我数过几次，我这亩薄地的棉棵约为3500株，最终获得总产量（籽棉）605斤，卖了820元，均价每斤1.35元，应属准高产、次优价。

可惜我毕竟只种植了一亩棉花，而且还要除去成本还有税费，所以我的单产尚可，而获利微不足道。幸好我妻子打理的自家的责任田大半也种了棉花，也卖了差不多的钱。两两相加，虽不富足，但足够维持一家四口人下一年的简单生活了。其实，即便一无所获，我还是有大收成的，因为我没有消沉，我在做事，我在行动，我在不断地弹奏生活进行曲，亲人们为此受到了良性感染；而没有事做，不愿做事，静在那里，僵立着，人的意志就会像一潭死水，并会恶性感染到亲人。

雪白的棉花就要开完摘光，彻底谢幕了，但我还是习惯性地待在齐肩深的棉株中，让斜晖完全将我没入棉棵的海里，这样的融洽，让我始料不及，让我身心愉悦。

金秋的爽风响遏行云，天空高远，我不禁有了一种前景广阔的希望。

次年年初，我将薄地交还给那位我永远都不能忘记的老爹，应招回到了纺织厂上班。因我喜欢写点文章，之前就时有发表，这次便被安排在厂办做起了文员。我在这个岗位上非常卖力，兢兢业业地干了十六年，其间还当了几年的厂办主任。我所写的企业管理材料，曾被省行业管理部门全文发表在局机关刊物上，我为去省、市参加会议的厂领导起草的讲话稿多次受到外界的好评。我觉得这都是那一亩薄地所赐予的灵气充实了我。十六年里，我也一直没有忘记它和它上面年年生长的棉花，只要有时间，我都要去那里看看它，吸吸它的地气，摸摸附在它身上的棉秆和枝杈上温暖的棉絮。即便是如今，在我主动辞职来到杭州务工的这几年中，我也时常遥想它。我的棉花地，它是我永远的生命驿站。想它时我就闻到了它那连接我生命的地气和暖气，浓郁得令我沉醉。

近期在网上看到我们安庆老乡、清代桐城人、时任直隶总督的方观承作的《棉花图》组画，不禁莞尔。该图共十六幅，计有布种、灌溉、耕畦、摘尖、采棉、炼晒、收贩、轧核、弹花、拘节、纺线、挽经、布浆、上机、织布、炼染，每图都配有七言诗一首，似连环画，诗为乾隆皇帝所作。我笑之无他，只是觉得此君臣二人并未亲身种植过棉花，并未亲身干过轧棉、纺纱、织布的活计，却能如此不厌其烦地描绘和吟哦，其心可感，其情可爱，其行可嘉。

在华阳河口

多年前，天一热时，我们一群少年就扑通扑通跳进华阳河里洗大澡。一次，有个家伙很神秘地说："你们晓得不？这个河两边的田和地，原来是江西省的！"惊得我们面面相觑。他爸是区干，我们信他。我问："河呢？"他坚决地说："这条河也不是安徽的！"就好像有人说我家院子里的五棵桃树有两棵是别人家的一样，我感到不可思议。

长大后才确认小伙伴说的基本属实。华阳河及其南岸的全部、北岸的一部分土地原都属于长江南岸的江西省彭泽县管辖，并不属于望江县。这块狭长地段，最近处离望江县城仅二里左右，而有的地块还很不规则，这就意味着，我的祖辈们从华阳到西边十五里的县城去，若不小心摔倒，就有可能踏坏路左侧田里江西人种的庄稼。

这不过是民众自发开垦的结果。由于长江主河道不断向南岸偏移，慢慢造就了北岸越来越多的沙洲荒地。过去望江县沿江地带人烟稀少，后山地带居民离此又较远，面对"新大陆"，仅一江之隔的彭泽人，便纷纷跑来开垦，而地方政府和民众都接受了"属人管辖"，即本县人开垦到哪里，本县政府就管辖到哪里为主的原则，所以在外省拥有飞地、"插花地"算得上是名正言顺。

华阳河是我们的母亲河，它虽不甚著名，但因是古彭蠡泽和后继者古雷池的入江故道，倒也常被有识之士提及。地处皖鄂接壤处的二郎河、古角河、凉亭河以及龙感湖、龙湖、大官湖、黄湖、泊湖之水，最终都是通过华阳河口入江的。

华阳河从泊湖而下，东流七十里后，出闸入江。闸有两座，并排而建，相距不足二百米。我认为华阳河口的地段应从河闸算起，至江河交汇处为止，全长约五里。在中段有古镇一座，亦名华阳，但此处需要说明的是，它不是现在行政区划上与望江城关（原雷阳镇）合并后的大华阳镇，而是指华阳河街，即传统意义上的华阳镇。

华阳镇与东至香口、彭泽马当隔江相望，形成鼎立之势。在古代，一个市镇的建立，一般来说是不可能像如今的"移民建镇"那样一蹴而就，而是需经过许多年的演变方能达到一定规模的，因此，华阳镇具体起自何代，已不可考，但从我陈氏家族在此居四百余年来看其历史应不算短。过去望江县陆路非常不发达，出入长江主要是从华阳河口，正所谓"望邑陆路无通衢，只有长江水传"，这一特点便使华阳镇也即河街应运而生并且日益兴盛起来。特别是未建闸之前，由于江、河、湖之间航运畅通无阻，华阳河口帆樯林立，码头商客行色匆匆，街上人头攒动，更奠定了华阳镇作为江滨繁华大镇的地位。

如果不是遭受过一次重大劫难，华阳镇的发展可能真是不可限量。1645 年，被南明小朝廷倚为抗清天柱，封宁南侯的明将左良玉，曾因粮秣困顿，受人唆使，率兵二十万沿江东下，欲"就食南京"。时兵部尚书熊明遇，委托侯方域代其父侯恂作书《为司徒公与宁南侯书》，规劝左不要进驻南京，左接此信，即停止东进，返回上江。但左良玉在途经望江县江段时，闻长江与华阳河交汇处的华阳镇富庶有资，纵兵入镇，将此江滨大镇焚掠一空。

20 世纪 80 年代开始，华阳镇的中心移到了同马大堤外，河街日益式微了，这是令人痛惜的。

一个古镇、一条老街是有灵性的，它式微了，但它的灵气仍在。清初著名散文家、江西宁都人魏禧，明亡后曾客寓华阳河街，他写过一首题为《早发华阳镇》的诗，其中有云："月高鸡啼天不曙，官船吹金起击鼓；不闻江上人语声，惟闻满江动樯橹。北风渐软江水平，高帆一一出前汀；估人利涉争及时，何能熟寝待天明。"一位老教师含着热泪吟诵，我则怀着一颗崇敬之心录下。自那以后，我心中就多了一份珍惜的东西。我常常快步走到两座闸上，然后向回漫步，从上街头到下街头，从河堤到江堤，从杂树林到柳树林，一直走到那直接而非间接称为河口的地方，驻足良久，看着江河二水相汇的线条是如何的泾渭分明。有时候，我还走进河街中段的一户人家，那是我家的祖屋，还居住着我的大伯和大妈两位老人。我总有一种时光倒转的感觉，仿佛看到我那身着布衣长衫的塾师祖父，一边靠着自家店铺的柜台啜酒，一边听着我们叔侄二人叙话，而 1936 年的雨水正从屋檐的黑瓦上滴落下来。

在华阳河口，我的思绪常常难以自拔。在华阳河口，我是一个伤逝者。

潜隐的伤感

　　当一个人，尤其是男人，不分场合地夸耀他有一个或两个已显出息的儿孙的时候，我就有足够的理由判定他正大步迈向老境。父亲在我这个也做了父亲的儿子眼中，正是这样一个角色。尽管我知道父亲当众表述的大体是事实，但我仍相当担心在这个人尽其才物尽其用的时代，对一个即将出国深造的儿子的夸耀，很容易被贻笑大方。

　　幸好我的乡村仍然是穷乡僻壤，属于这穷乡僻壤的小镇也仍然很淳朴，因而父亲的确是受到了足够的重视、尊敬，人们对我小弟即将出国表示了真诚的祝福。要是在城里，这消息恐怕像一只小孩子玩的气球又飞上了天，完全是小事一桩，无人表示什么。

　　对我来说，老，已成为一个问题，我很怕父亲的唠叨走火入魔，被打上类似炫耀的烙印。很显然父亲尚未妨碍任何别的人，未引起别人的厌烦，但无疑扰乱了我心里的某种秩序。父亲老了，他正以现在为参照系，搜罗、比照着过去的什么；他一只脚踏在现实的土地上，另一只脚却退到了过去的土壤中。我，也只有我深谙父亲无意中形成的这一套。我内心深层次的不安日益加剧。

　　对我来说，父亲拥有的昔日我只可想象，无法占有，就连他的父亲我的祖父一辈，我也只凭想象来获取，遑论更上的一代了。我的生活在清朝的高祖父人寿公、生活在清末民初的曾祖父才秀公和生活在民国的祖父盛黄公，这三代塾师，我一概连影子都没有见过——没有他们的任何纸质和影像资料可供我这个后代去将他们进行"认识"。这种情形一直以来使我十分孤单，我仿佛只看到了果实，没看到花期。高祖、曾祖只能是一种称呼，祖父无异于一个梦，而高祖母、曾祖母和祖母也只能是一个个的概念，我则是一只无花之果，我生命的流传之链不是连贯的——虽然这是不可能的。我将永远修补那一系列形象，而可供我修补的直接参照系就是我的父亲。从他的身体发肤，从他的音容笑貌，甚至从他的咳嗽声和吼叫声以及嘟哝声中，慢慢地，我勾画出了一套群祖图，但也只是有了一个共有的姓氏和一个个似是而非的人影（母系方面甚至连姓氏都不全）。因为不得要领，这套群祖图只能是模糊一片，迷离似尘烟。我只能喟然长叹。

在长江与古雷池的遗脉华阳河交汇的臂弯处，有一座始名"花杨"后称"华阳"的古镇，明清交替时虽遭平贼将军、宁南侯左良玉大军的焚掠，但劫后数年反处于发展的鼎盛时期，被誉为"江滨大镇"，现在古镇已被遗弃，只余一条长近两里、屋壁倾圮、路板破损的河街。这条残破的河街隐匿着我生命的源头。我经常踩着咯吱咯吱响的瓦砾，试图进入处在街中段的一扇门，但由于它的不存在，我只能像一只迷途的动物无功而返，而返回之所也并非我的初衷所设计的。我坐到江堤的坡顶上，一边俯视着河街，一边设想出一条延伸之路，我走上去——这是一条不受时空限定的路，在途中，我碰到一个九岁的男孩，他衣衫不整，食不果腹，面呈菜色。这是一个看牛伢。这个看牛伢当然不认识我，而我认识他。从他的远祖自赣地分迁至望江起，到他这代止，他家已在这条河街上绵延生存了四百余年，几乎与这个古镇同兴衰。虽然他家从他的父亲这辈算起，上溯三代都是师塾之家，但文化的传承却与他完全无缘。当他牵着几头水牛走上堤坝时，最后一代塾师正在家里教一群孩子念"人之初，性本善"。这个塾师的生命其实摇摇欲坠，他患了很严重的肺痨病，虽在维持着蒙馆，但学生已越来越少。1949 年初，看牛伢有一天回到家里，听到塾师剧烈的咳嗽声就像一只瓦罐被摔碎。家里塾师用的盖被已经不见，原来夜里被当兵的强征去了，塾师在床上伛偻了一夜。要不是老实，硬被派上甲长的差使，那床被子还是可以赖下来的，但塾师就是甲长，甲长收集不来别家的，自己的自然义不容辞。一个油尽灯枯的塾师，尽管还完全不老，不上五十岁，而且还熬到了新中国成立，并接到了新组建的镇小学发来的聘用书，但还是于不久后咽下了最后一口气。他的痛苦是不言而喻的，这不仅是疾病的本身，更因为他许诺了过些日子就亲自教他的儿子看牛伢识字，然而这个"过些日子"却永不会到来了。这个看牛伢领受过太多的不公平，几年后他的母亲不知何故引颈悬梁了。这个看牛伢，仍然是看牛伢，一个大字不识。

我在这条负延伸之路上突然止步，我觉得我正扑进一面无边际的水域，几至窒息。我又踩着瓦砾和破碎的青砖回到现实，看到我的父亲，那个当年的看牛伢，正扛着一把铁锹准备下地。我知道一个以传承祖业为荣的塾师没有将所识之字通过他的儿子传下去，虽然绝不等于失传，但这无疑是人间最大的悲哀之一，而且这悲哀将以伤感的方式传下去，传给放牛伢的儿子、孙子，不管他的儿孙将是何等人物，何等有文化、有才干、能文笔滔滔、能口若悬河。悲哀将永远挣扎在无限生长的血中。

我看到父亲扛着铁锹，经过人群时又站住了，大家很亲热。我看到他向人群走去，他的身板看上去仍很结实，这是一生艰辛劳作获得的唯一好处，但他的腰杆已明显不直了，他的背影老气弥漫，模糊了我的眼睛。

难道父亲是在以对小儿子的夸耀洗刷什么吗？如果是，他想洗刷的就是悲哀带来的伤感。但伤感是无法洗刷尽的，即使用水泥抹平了它，还是会潜隐下来的，它将不失时机地展露出来，譬如在清明时节、春节等时候。我需要一架能捕捉无形之态的照相机，照下我那可怜的祖父最体面时的样子，照下我那跛着一条腿在从教之余老替别人打官司因而人称三先生的曾祖父神采飞扬的样子，还要照下华阳河街上我的家族最鼎盛时期的某一个最欢乐、最神圣、最奋发向上的场景，将其留给我的儿女，并告慰老父。但我深知，即使今后我脸上呈现大朵大朵的欢笑，也抑制不住内心深处那隐隐隆隆的伤感。

在天地间诗意地伤感

秋日清晨，我从床上醒来，新的一天开始了。有好几天我都没有在天光下溜达了，我感到了一种无法言说的不安，便漫步到大河的岸边。

晚秋的雨正在有情有绪、有板有眼地落着，冷风也已统治着季节，到处显得清冷、凄惶、忧郁和萧条。这是这个时节千古以来一成不变的自然之景，若不是水泥加瓷砖的建筑所显示出的现代化气息，我会恍惚觉得自己置身于晚唐的天空下。还有雨空下隐约传来的音乐声，若不是那音质过于圆熟，提醒我它是经过了机器的过滤，我也会以为自己听到的是唐代浔阳江上商人妇的《琵琶曲》。一半闪现在现代，一半停留在古代的东西，眼下其实随便一想还多的是，如面前的大河、有着年轮的树木、颜色随时序变更的草，高度和广度永不改变的天空以及从天空抛下的雨丝。我很吃惊，我是说，虽然秋末雨中的景致显得湿润、零乱、破败、凄凉，但却千古一律地存在着那种叫诗的意境。怅望千秋一洒泪，萧条异代不同时，人的复杂的情怀无疑是在这个时节得到最大显现的。

然而诗意却似游移不定、时隐时现，甚至稍纵即逝，只有落寞无奈像从诗意中抽出来的丝，那样捉之不住，摆之不脱。这是一个收获的季节，以土而生的人们正将果实往家中拾掇；这又是一个结束的季节，冬天尽管没有到来，世界的这一年实际已经画上句号，无论丰歉，只能在喜悦或遗憾中告别了。但无论是在何种心境中告别，我们活在这个世界上的时间都少了一年，再大的收获都会被生命之烛的销蚀冲淡。我的心绪之不佳是那样坚实，心里的那根弦是那样脆弱，但却又拧不断。在荒郊野地，在天水一色、逝者如斯的大河边，在秋风秋雨之中，多数人恐怕也如我这般伤感而又不知具体的问题到底出在哪儿吧。如果是刚刚经历了一场生离死别，或刚刚从工作岗位上退下来，或刚刚来到异乡落脚的人，那一种凄迷怅惘的心境恐怕更是无以复加的吧。我正有几个出外打工的朋友，现在我将天下所有出外人的影像全部投射到他们身上了。在南国的天空下，秋肃来得要迟一些，但已经露出很明显的端倪了，这对一个来自异乡土地上的人来说是足以使他凄怆的。而在北国的土地上，秋肃已与冷冬几乎连接起来，雪也已飘过两场，土地开始生硬，完全枯萎的草毫无生气，这些无一例外地会使外乡人顿生茫然之感。至于西陲的黄土地上的游子，也许离天空比我们要近，但心绪说不定比我们低黯得多。

有人说，一个外乡人要成为本地人至少需要五十年，五十年中，他要用身体去摩擦这异乡的天地，把身体一寸一寸地磨成灰，并在天空飘转几圈，完全落到泥土上，再收缩凝成躯体，使躯体具有了这异乡的土地的特质后，他看起来才像一个本地人。但这还不够，他必须将自己的心完全融化到异乡的空气中，变成异乡的雨露、阳光，变成异乡的天籁、地气；身心化成了异乡的语言、异乡的土产、异乡的粗犷或细腻、异乡的举手投足特具的姿势，他才是本地的人，才不再是外乡人。其实五十年，也许更多时间，他恐怕都还不能修炼成本地人，有一种叫作乡愁的东西肯定会时时咬啮他的心地的根基，撕扯他的躯体，甚至通过血液将之传承几代。而秋天的景物则恰如其分地对应了他的这种情绪，这是一种永远的无奈。

有一种累就是乡愁，有一种乡愁就是伤感。即使现在我是站在生活了几十年的故土上，我也能感受到那些正在他乡奔波或扎下根的亲朋的乡愁，我为他们伤感，也为自己伤感。我们，我们所有的人，所弥漫在心空中的伤感并非建立在具体的物事及具体的时空上，而是建立在与生俱来、与眼前物质的丰足无甚关联的东西上。因了这种情怀，我所想到的当代，跟遥远的古代同时，我所想到的远方，跟渺不可期的河外星系同为一体。我这儿的一草一木，一把土、一掬水，实际与我的那些亲朋在他乡所见到的毫无二致，而我的一声叹息、一滴泪水，亦与朋友们的完全吻合。为什么我置身于生我养我的故土，却也有这般浓郁的乡愁？难道我不是伫立在故乡的天地之间吗？我从哪儿来，要到哪儿去？难道人类真没有永远的故乡，故土也不过是一个让我随时整装待发的驿站吗？

谁能回答，彼岸抑或终点站？那么它们在哪儿？千古以来又有谁到达过？我们永远在宇宙中的他乡，我们永远在漂泊吗？现在我只能站在大河的岸边，让这种叫秋雨的液体，置换我内心的水分，使我在古老的伤感中充满着现代的诗意，在古老的诗意中充满着现代的伤感，或者说，在茫茫天地间千古如一而诗意地永远伤感着。

伤感乃是诗的灵魂，诗乃是生命及生活的要素，人类诗意地栖居在大地上，目前我只能认同此说，故我必须热爱、奋发。

拜谒一棵古重阳木

如果你从望江县城出发，向东南行十五里，经华阳镇，再沿同马大堤向东行二十里，便会到达古语"不敢越雷池一步"所指的雷池旧地。站在大堤上北面而望，还没来得及吟哦南朝宋文学家鲍照《登大雷岸与妹书》中的一些句子，你就会一下子看到一棵孤高的山似的树。

你简直有些吃惊，这块冲积平原，经历了 1954 年大水和 1958 年大炼钢铁，何以还有这样一棵年头显然不浅的大树存活下来呢？！

从堤上到那棵树的跟前有二里路的样子，中间要穿过许多村舍绕过七八口方塘。你会从一个村人的口中得知那是棵古树，清朝进士倪模亲手所植。爱阅读的你当会对这个倪模略知一二：倪模（1750—1825），安徽望江人，嘉庆四年进士，系乾嘉年间著名藏书家、图书校勘家、钱币学家；其藏书最多时达十余万卷，为当时安徽私家藏书最多的人士之一；著作今存有数种，如《双声古训》《导淮由天长合肥注江辨》，上海古籍出版社于 1992 年再版了他的《古今钱略》。得知这棵已达二百多岁的古树与倪模的关系，你不禁有了一种朝圣般的情怀，步子也迈得更快捷了。

古树耸立在一块约 500 平方米的高墩上，煞是雄伟壮观。这是秋天的晚些时候，古树依然繁茂苍翠，浓荫如盖，正午的阳光浓化了它的深沉和安详，使你恍若步入了历史的浓荫中。它太庞大了，你无法估测它的高度和围度。过来了三五个村人。一个老者告诉你，古树高 33 米，树干光滑未空心，主干围4.95米；那主干2.3米处分出的两大侧干，围粗是3.6米和3.18米；从两侧干枝各分出的四侧枝，枝围是1.2米至1.5米。随着老人的指点，你目不暇接。老人越说越兴奋，手指像书空似的又划向四周，继续告诉你说，树冠的冠幅东西46米，南北21米，绿荫覆盖约340平方米。老人还自豪地说，它已载入《安庆古树志》。见你掏出本子和笔，老人叫一后生拿来了一条长木凳，你挨着老人的肩坐到了上面。老人像忽然记起了什么似的说："你还不知道它叫什么名字吧，你肯定没见过，它叫重阳木！"

老人见你记得很认真，高兴得不得了，便说到了倪模与古树的关系上。原来当年倪模亲手栽种的重阳木不是一棵而是四棵，目的是期望子孙能像良木一样具有高洁、惠人的品质。倪模自己的品质就是最为邑人所称道的。他幼时厌学，常随大人下地劳动。一日在田里遇一游方郎中，此人摸着他的头说："真好庄稼头也！"他感到非常屈辱，于是发愤自学，终于二十岁考入县学，三十岁中举。有了功名后有人便荐他做知县，他以生性愚直、不合时宜而谢绝。到嘉庆年间考取进士，照例仍要当县官，这回他又说："五斗米折腰，我能为之乎？吾家尚有薄田可耕，江干老屋数楹，藏书充满其中，吾以终吾身可矣！"只是到了后来因蒙师力劝，才离家到凤阳府学任教授，期满仍回到了大雷岸直到终老。就在这次归家途中，在芜湖江边，他见一妇女怀抱婴儿哭泣，一问才知是新近丧夫，生活困难，欲投江自尽，他立即倾囊相助，以至到家时囊空如洗，举家愕然。听其言，观其行，他简直就是清代的一个陶渊明。不同的是陶渊明归家后在宅旁植柳五棵，他归家后在祖屋旁植重阳木四株。难怪他去世后，他的同榜进士（状元）、浙江归安（今湖州市）人、官至礼部尚书的姚文田为他写了《故凤阳府学教授倪君墓志铭》，极盛赞他的人品、气节。

你知道，倪模虽隐居在乡，但众多名士总是将他记挂在怀。乾隆五十五年（1790年）春闱榜眼，经学家、文学家，江苏阳湖（今常州）人洪亮吉，在其所著《北江诗话》卷四中饶有兴味地记叙了他拜访倪模的事。他说：

> 倪进士模，真名士啊，我早就如雷贯耳了。我游庐山回，因阻风停舟望江华阳镇，忽想起倪模不正隐居在大雷岸吗？便徒步二十里去访他。他的读书草堂在距家三里的江岸，草堂正面是江南建德（今东至）诸山，屋旁则是雷港。我挥毫泼墨，题"二水山房"四字博他一笑。草堂后，小阁七间，积书至五万卷，金石千余卷，实令我惊叹。他平生嗜古钱，撰《泉谱》四卷，极为精审。正值风去雨来，主人又好客，我乃留三宿快乐而去。此次相见，我与他相谈甚欢，其间，他拿出他的《怀人诗》三十首，要我点评并改定。啊，啊，怎么说呢？诗似乎非他所长，不过是学者的业余点缀而已。

你想，这个名满天下又甚是幽默的洪亮吉那次来，估计也观赏了正值"青年"时期的那四棵重阳木吧。

关于重阳木这个树种，老人告诉你说，其名来源于我国传统的农历九月初九日重阳节。相传上古之时，这种树并无名字，只是后来人们在重阳节那天登高时，因劳累和暑热难耐，找树荫纳凉，就发现了这种树的树荫下最是清凉，于是人们便把佳节的名字送给了这种树，称之为"重阳木"。重阳木系落叶乔木，树皮褐色，纵裂有序，叶椭圆卵形；总状花序，雌雄异性，花期四至五月，果熟十至十一月；木赤褐色，坚硬细致，纹理美观，是造桥、造船的良材。

老人如数家珍，最后又惋惜又自豪地说，四棵重阳木中的三棵不知毁于何年何月，唯这一棵至今仍挺拔峥嵘。1954年，它被大水淹没七米，浸泡三个月，仍岿然不动。1958年，有人想把它砍去炼钢铁，但手起斧落，古树流出了赤褐色的汁水，使人望而生畏，不敢再下手。1996年夏，雷池乡刮起一股龙卷风，木毁房塌，所向披靡，但刚要刮到古树跟前时却急转弯改向而去。1998年，有一老板找上门来，愿出高价买古树去造船，被大家严词拒绝。"这棵古树是我倪氏子孙共同的精神财富，宁肯挨饿，也不能卖掉它！"老人激动地从长板凳上站起来说。

　　傍晚时分，你依依不舍地告别了古树，告别了与古树紧密相连的古人和今人。你原先以为，雷池仅余旧名，现在终于知道还有这样一棵阅人无数、历物无数的古树渡尽劫波而依然生机勃勃地存活着。植树之人早已遁于历史的深处，而它仍在大地上吐故纳新；它的根须深扎于古代，它的枝叶蓬勃在现代，它的躯干沟通着昨天和今天，它是皖江流域二百余年历史的见证者，在它的见证下，历史或时间在飘忽的行进中有时也停顿那么一会儿，但很快又总是毅然地返身继续前进。一种发自生命根部的沧桑感和向上感不禁在你的心中油然升起！

檀萃的悲情与壮阔

清嘉庆六年，即公元 1801 年，归乡途中客寓江宁（今南京主城西部）的著名学者、诗人、方志家檀萃，以七十六岁高龄溘然长逝。消息传出，正在外地游学的姚鼐弟子、后来成为著名散文家的管同十分伤感。就在半月前，管同从家乡上元（今南京主城东部），步行数里，然后跨过秦淮河，特地拜见了檀萃，并录下这样的文字："伊我幼稚，闻名有公，顷岁相逢，于大江东。"那次一席倾谈，他对檀萃的人品和学问大为折服，并对檀萃的宦海遭遇打抱不平。老先生遽逝，便使刚及弱冠之年的管同向檀萃拜师问学的计划彻底落空——"谓当执贽，重仰山崇，天不憖遗，降君鞠凶。"悲伤愤懑中，年轻的管同写下了著名的《祭檀默斋明府文》，遥祭心中永远的老师。此文以四言的句式，荡气回肠的意蕴，敬仰和悲愤的语气，总结了檀萃悲情与壮阔的一生，至今读来，仍令人动容。

檀萃（1725—1801），字岂田，号默斋，又号有美，晚年改号白石、废翁，安徽安庆府望江县人。

关于檀萃的籍贯和出生地，本是铁定无疑的，即望江新坝乡（现归高士镇），然近年却有山西高平县（今高平市）一说。如 2013 年 3 月 15 日，"黔东南在线"网转载了一篇发表于《黔东南日报》，题为《"神秘思州"之五怪才知县檀萃》的文章，开篇即言："檀萃，字岂田，号默斋，山西高平县人（祖籍安徽望江）。"

再如，潮汕文化网于2014年5月22日转载的一篇发表于《揭阳日报》、题为《〈楚庭稗珠录〉和明清潮汕史事》的文章也言道："《楚庭稗珠录》是清乾隆年间檀萃旅游黔、粤（主要是粤）的见闻录。檀萃是山西省高平县人，乾隆年间进士。"

更有甚者，网上还有一篇于2015年发布的文章《禄劝历史上的旧志》，也说檀萃是"山西高平人，祖籍安徽望江"，该文作者竟是禄劝县史志办的。

真是令人诧异。

那么北方山西那边怎么说？经查阅山西高平市的几个网当然也包括政府官网，当中的"历史人物""民间传说"以及"民间故事"等板块，均无檀萃一丝一毫的信息记载，连名字都看不到，也就是"查无其人"吧。这就怪了，像檀萃这样重量级的著作家、方志家，山西高平不说是大书特书，至少也应有"简介"之类的文字吧，但就是没有。这个结论就出来了，檀萃根本就不是山西高平人。

这个谬误是如何导致的呢？其实稍加查找分析，即会发现源头就在檀萃自己的文章和以学生自许的管同的文章中。檀萃的六卷本著作《楚庭稗珠录》，"自序"的落款即是："乾隆癸巳夏，高平檀萃题于九曜石侧。"而管同的《祭檀默斋明府文》则有"有美先生，崛起高平，鹿鸣五策，薄海为程"之句。

像"高平檀萃"这样的落款，檀萃的自序还有在别处的题字，应该还有不少。既然檀萃自称"高平檀萃"，那么管同写的祭文中有"崛起高平"句自然就是"沿师之语"了。

将檀萃视为山西高平人或另加注为祖籍安徽望江，当属见风即是雨的想当然，认为檀萃都自贴标签为"高平檀萃"了，那他必是山西高平县人无疑，还以为这是另辟蹊径后的新发现，只是有人落笔时，忽又念及许多文献上都有"望江檀萃"这一记载，便感到有些不踏实，于是就加了个括弧，注为"祖籍安徽望江"，这样兼顾一下，以为就能自圆了。

那么，高平究竟是指哪里呢？《续古文观止》（岳麓书社出版，王文濡选编，程大琥、马美著校注）收入的管同的《祭檀默斋明府文》中，对高平的注释为："高平，古地名，具体位置不详。"这就很能说明问题了，如果是指山西高平县，编选校注者岂有不注明之理？清代不是很远，县及县以上的地名，专家们焉有"不详"之理？

其实，稍加查找即发现，檀萃自称的"高平檀萃"中的高平是指"高平金乡"，此地今属山东，古高平国所在地，望江乃至安徽的檀姓均起源发轫于此。这支檀姓皆奉檀敷为"第一世祖"，视晋代名将檀道济为家族最大荣光，而"高平檀氏"这四字则被奉为家族的"徽号"。这个高平实非籍贯所指，而是指郡望堂号；檀萃自称"高平檀萃"不过是他不忘本，向祖先致敬的一种习惯方式和雅好而已。

檀萃过世已有二百一十多年了，想不到关于他是哪里的人还有如此"异说"。檀萃仕途坎坷蹭蹬，相当悲情，二百一十多年后又出此别样的"悲情"，对此，笔者借用檀萃论望江山水形胜之文《水口塔说》的最后一句话感慨一下："予读至此，窃三叹者久之。"

檀萃的悲情，自小就显端倪。众多兄弟中偏偏就他被过继给无子的龙姓舅舅做继子。不几年，舅家嫌其迟钝呆板，毫不讲情面地将他打发回檀家。大跌面子的父母为争口气，倾家中所有为他延师课读，期望他走科第为宦之路。娶妻生子后，他老实攻书却仍不见开窍，经常受到父亲檀志观的痛责。一次，父亲烦极，就用扁担横绑住他的两臂，叫他滚开。一旁的檀萃妻大窘，念了声"阿弥陀佛"。檀萃羞愧，侧歪着身子进至房内，绑缚的扁担竟未碰到门和墙，父亲见此略觉心宽，感觉此子还有救。而见此情景的家师则叹道："父督师严，妻念阿弥陀佛。"不承想，檀萃竟脱口而出曰："君危国难，臣当救苦天尊。"听到如此工整的下联，师大惊，知此子心智已开。

乾隆二十五年（1760），三十五岁的檀萃中第二名经魁，次年又中第十八名进士。应当说三十多岁中举、登进士是不算迟的，何况还是历试连捷，何况"赐进士出身"的排名还相当靠前，因此这不仅不是悲情，反而是家族和自己的大喜过望。然而，由于不善也不愿钻营，等候工作的安排就让他耗了整整八年，直到乾隆三十四年（1769），也就是他四十四岁时，才被授为贵州青溪县知县。尽管官位姗姗来迟，但实诚的檀萃还是信心满满，他兴高采烈地赶赴南方高原之地贵州青溪县开始了他的仕宦生涯。不料八十多天的时候，知县座位还没焐热，却赶上了"丁父忧"，便匆忙辞官踏上了回乡奔丧守孝的路。由于没有盘缠，他就绕道从广东走，目的是找在粤地做官的进士同年或故人筹些路费，这样延宕了数月才回到望江家中。三年守孝期满，未见朝廷重新安排他工作的通知下来。他依旧不去活动，老老实实在家继续待着，朝廷好像把他给忘掉了。这一待便是九年，直到乾隆四十三年（1778），五十三岁时，朝廷好像突然想起他这个人来，补他到一个更远的边陲地区任职，仍是高原之地，仍是原七品官，云南禄劝县知县。他依然高高兴兴地去上任。到任后，他宵衣旰食，争分夺秒，决意要把虚度的时间夺回来。实诚的人干事不搞虚头巴脑那一套，务实不务虚，雷厉风行，极力兴学劝农。一年后首开乡试时，得门生十四人。治政一年，地方安宁，县府"垂帘终日，政声大著"。但终究因他专营事务，为人又刚正不阿，得罪了权贵而屡遭非议，特别是碰上了一个不能容人专挑他刺的顶头上司巡抚谭尚忠。惹不起不等于躲不起，于是，乾隆四十九年（1784），檀萃自任督运滇铜进京的苦差。但还是运气太差，途中他所督运的滇铜船队遭遇大风而沉没，因此获罪革职。若不是哪位办案官员碰巧动了恻隐之心，他差一点就进了大牢。最后只是以羁于原地"就地管制"了事。

檀萃的仕途，两任县令，满打满算不过六年零几个月，就此戛然而止。已经是将近六十岁的人了，俸禄断绝，做官无望，家不能回，业无以举，陷于空前的困境中，他的人生悲情似乎陷入无以复加的境地。但物极必反，否极泰来。也正是从这个时候起，檀萃另辟蹊径，运用自己扎实的学问和丰沛的人文情怀，教书育人，著书立说，开创出了壮阔的人生新天地。

这首先要感谢滇地的乡绅和百姓淳朴善良。官职没了，正当他准备离滇回皖时，平素深受他敦厚笃实、热情豪爽、急公好义品德感染的滇人，实在于心不忍，众人合力，聘他为昆明云南育才书院的讲席。在滇二十年，他所培养的弟子成名成家的不下数百人。讲学之余，他四体勤动，笔耕不辍，以至著述等身，成为一代名家。《清史稿·艺文志》称他的诗"恣肆汪洋，近体尤为锤炼"。张之洞则认为他是"经济家"，将他列为清代二十四名"著述家"之一，与黄宗羲、顾炎武、方苞等齐名。

檀萃生活在封建社会的乾嘉时代，一般所谓文人学者，大都热衷科举，以图利禄，或一门心事钻研训诂隐世，对于实际有关民生日用、经济生产等方面，则很少关注，而檀萃却认为学人必须致力于研究经世有用之学，因而，为了考察云贵地区的山川物产、风土人情，他常"有山必登，有泉必饮，剔藓读碑，访求故老"。一面实地考察，一面探本求源，稽古证今。"足迹所经而以目纂者，辄随手札录"，对民生有利者无不采辑成书。他的著作集历史、地理、民俗、艺文之大成，为研究云贵地区的社会经济、政治和民族文化的发展提供了丰富而珍贵的资料。

说檀萃著作等身一点也不为过。其所撰本姓家族和别姓家族多种谱乘不计，历史、经学、方志、农事、地学、民俗、诗文等计有二十余种：《滇海虞衡志》《元谋县志》《禄劝县志》《番禺县志》《腾越州志》《蒙自县志》《浪穹县志》《顺宁府志》《广南县志》《滇书十卷·诏史补八卷》《楚庭稗珠录》《农部琐谈》《大戴礼疏》《法书十卷》《穆天子传》《逸周书注》《俪藻外传》《滇南文集》《滇南续集》《滇南诗前集》《滇南诗话》《草堂外集十五卷》《滇南草堂诗话十四卷》《彩云集》《小方壶斋舆地丛钞》《采真汇稿四卷》《试策笺注》《仪礼韵言二卷》。

檀萃影响最大的著作当属成稿于1799年的《滇海虞衡志》，其年他已七十四岁，此书是他离滇之后、离世之前留给云南各族人民的一份旷世大礼。全书分岩洞、金石、香、酒、器、禽、兽、虫鱼、花、果、草木、杂、蛮共十三卷。有学者称《滇海虞衡志》为云南清代"三奇"之书：有趣奇书、致用奇书、旷世奇书，不仅过去对云南产生过巨大影响，今天仍然散发着它迷人的魅力，此书的价值更在明天。

官场的失意，仕途的坎坷，终使檀萃的一支秃笔如大江大河源源不断地流淌出关于滇山黔水还有粤土的宝贵文字，为后人留下了无比珍贵的文史资料，构筑起了令无数有识之士不能不为之惊叹的学术、艺术殿堂，这样的人生何其壮阔！

嘉庆六年（1801），即檀萃将离世的那一年，举人出身、云南赵州（今云南弥渡县）人师范，以军功授任檀萃的家乡望江县知县。此可谓机缘巧合，因为早在云南当学博时，师范就与檀萃成为莫逆之交。受任望江知县时，檀萃老病思归，师范寄诗写信给正在归乡途中暂寓江宁的檀萃，言："江南山水未足游观，独得先生为部民，滋可喜尔！"老师的家乡虽好，但山水尚未发现有可观处，只是有老师将作学生的治下之民，这才是最可喜的——幽默之情和交洽之谊，跃然纸上。岂料不日檀萃却客死江宁，师范未能得见最后一面。师范小檀萃二十八岁，在老师的家乡等老师，等来的却是老师的死讯，师范的悲痛是可想而知的。他在悲痛之余，拜读由老师之子带回的遗稿，即一经出版便经久不衰的那部名著奇书《滇海虞衡志》，并为之作序。

"吁嗟人生，会合非偶。已矣何言，颂君不朽。君身黄泉，君名北斗。陷君者谁？蝇营狗苟！"这是无比敬仰檀萃的后生管同在《祭檀默斋明府文》中的最后一段激昂、沉痛、悲愤之语。

毕竟其时管同青春年少，愤激之语在所难免。其实，檀萃倘若没有前面的悲情遭遇，岂会有后面的壮阔人生呢？

马当上空的鹰

我从望江县华阳河口乘轮渡过江，踏上了东至县的香口地界。抬头即见一座山。此山名香山，因形似大象，亦名象山，曾是马当要塞的外围阵地之一。当年，日军波田支队乘舰从安庆出发，溯江而上一百二十里后，正是从香口上岸，冲破中国守军顽强阻击的香山阵地，然后西行四十里，参与到对马当要塞的攻击。

大致沿着当年日军的行军路线，我奋力蹬着自行车，不到两小时，就抵达马当镇。虽然中国的城镇大同小异，看了一个等于看了一百个，但马当镇历史人文丰厚，地理位置独特，还是有些看头的，只是时间不允许我"左搂右抱"，我只能绕开它，心无旁骛地向江岸的要塞直接"杀"去。

顺着已被杂草荆棘掩没的山间小道，爬上了著名的马当矶（亦称马当山）。

马当矶，形如奔马，横枕长江，矶头呈九十度壁立江中，与江心的一块沙洲——八保洲对峙，江面遂被挤压得狭窄不堪，形成易守难攻的天然阵地。全面抗战爆发后，国民政府为阻敌西进，力保九江、武汉安全，请德国军事顾问设计，调集赣皖九县数十万民工，在马当矶及附近的江心，修筑和加固防御工事。在矶头及周边的峭壁上，依次修有三级锁江炮台，在下游五百至一千米处，沉船四十九艘，构筑了一道横贯两岸的拦河坝式的阻塞线。阻塞线周围，设有人工暗礁三十五处，布设水雷一千七百六十五枚，与岸上的三级炮台和碉堡相配合，最终构筑成号称固若金汤的马当要塞区。

只是，负责马当防御的第十六军军长李蕴珩，在战火一触即发的紧要关头，仍在务虚，调集排长以上副职军官，参加他在当地开设的"抗日军政培训班"。日军趁机大举进攻，于1938年6月24日晨，沿江岸湖荡一路包抄过来，四次强攻，均被守军拼死击退。

守军阵亡殆尽，要塞岌岌可危。有些诡异的是，受命增援的一六七师离马当要塞本不过几十里，为缩短行军时间，师长强令弃大路就小路。多为北方人的援军官兵，在南方山区杂乱无章的小路上仅一两个小时就迷失了方向。6月26日下午到达指定位置时，马当要塞已在当日上午陷于敌手。

蒋介石本对马当要塞寄予厚望，认为它至少能阻止日军攻势一个月左右。不料有如此完备防御工事的要塞，居然短短两三天就被日军攻破。马当失守等于长江门户大开，直接威胁武汉安全。蒋介石电令各路援军全力投入反攻，务必夺回马当要塞。然而在中国军队手中没能有效发挥作用的防御工事，却成了日军手中的无敌盾牌。国民党军虽经连续反击十余次，反复冲杀，声震于天，漫山喋血，死伤惨重，却没能夺回要塞。

战后，第十六军军长李韫珩被撤职，而第一六七师师长薛蔚英以贻误战机罪名被枪决，该师番号也被撤销。

日军占领马当要塞后，其工兵花了三天时间，基本排拆掉江中的水雷及沉船等障碍物，使其军舰得以长驱直入开向九江、武汉。至此，中国军事当局花了九牛二虎之力建成的马当要塞退出了历史的舞台，即使是在十一年后的人民解放军发起的渡江战役中，坐守其上的国民党军也未能使之发挥丝毫作用。

历史的烟尘早已荡尽，江山依然壮丽。我坐在马当矶的高处，用眼神一遍遍抚摸着那些残存的炮台、工事、沟壑，心中怀念着那些牺牲的无名英烈，并为历史深处那波诡云谲的一面唏嘘不已。

一片低矮稚嫩青葱的山毛榉林猛地像波浪一样抖动起来。突然，一只鹰，也只有一只，从偌大的蓝色天幕中产生，仿佛归来的航天飞机，钻突而出，进入我的瞳孔，使我一振。

但是它又忽地打住了，变得就像争论未休的飞碟，悬置在空中，而双翅仍伸张着，静态的。它的眼和喙，我无法看清。一定是只很大的雄鹰，但一定不是一只传说型的苍鹰。我在这地带才待了不过半个日子，就见到一只鹰的到来。难道是因为我的到来吗，抑或今天是个非同寻常的日子？

鹰是雄者，鹰是超凡脱俗的神，鹰是颂歌的对象，鹰是往来于历史与现实之间的不倦行者。

而我见到的这只鹰可能是旧地重游的老者，更可能是几十年前曾在这地带上空目睹过惨烈场景的某只鹰的后代。我十分迫切地想看清它的表情。弄清它的表情，说不定就完全弄清了我脚下的这一片山丘。

身边是一座旧碉堡，草埋了它的三分之一高度，我爬上去，与天上的鹰拉近了七八尺距离。鹰不动，表情也依然是模糊不清。

当我攀上另一座破得不行的较高点的碉堡时，发现鹰已不见了，连影子也搜寻不到一丝。我怀疑它的存在，是否刚才我产生了错觉或幻觉。

江风劲吹，草木翻动。我站在碉堡上看清了江浪的纹理，它们像树木的年轮那般排列得细密而富于条理。

黄昏接近于尾声，西北方向，江的上游，茫茫九派之间，九省通衢之处，水天一色地呈现着大朵大片的红晕，似曾经的战火。

这片旧碉堡和旧战场，似有千言万语敛而待发，早已升起的新月正缓缓凑过来，再次充当听客。

我剩下的想法是能否捡到一只弹壳，我儿子绝对没见过这类玩意儿，拿回家去他准会抢着要。当然我没有捡到半只，尽管我是戴了眼镜的，十指也磨破了。一代又一代的孩子，在几十年的时光中，已将弹壳捡拾一空。

走下马当矶的时候，我肯定自己是看到了一只实实在在的鹰，是一只负过伤见过大世面的老鹰。回家一定将鹰编进故事向儿子讲。

小村东阁

　　东阁是江北冲积平原上的一个行政村，地处古雷池口附近。多年来，"东阁"这个村名一直使我摸不着头脑。

　　阁者，一般是指高层或名声亮丽的建筑物，比如什么亭台楼阁之类，但东阁离县镇甚远，村里也无牌坊、庙宇之类，所有的只是土砖茅屋、砖木平房，和逐渐在今天多起来的小楼房，何"阁"之有？何况这个名字的存在至少有百年之久，显然与今天的小楼房无关。那么是否在更远的年代有过什么特别的建筑呢？我曾有缘勘遍全村的田宅，却没有发现过去年代的一片瓦砾遗存。

　　从人文方面想开去，一条线索颇有些意思。有资料记载，清嘉庆进士，古钱币学家、藏书家倪模（1750—1825），系与东阁村毗邻的雷港村人，他性嗜藏书，藏数近十万册之巨，为当时安徽私家藏书之冠。老先生厌烦做官，在故里建有藏书楼一座，名曰"江上云林阁"。是否东阁这一村名就与江上云林阁有关呢？但是江上云林阁所在的雷港村在东阁的东边，且江上云林阁的建筑地与东阁村的中心有五里之遥，若是江上云林阁的缘故将某一个村名冠以"东阁"，那也应该冠于藏书楼所在村或其东边的某个村，不应冠于藏书楼西边某村。按这个角度，东阁村因处在倪模藏书楼的西边，叫"西阁"才合理，即阁之西也。那么，是不是当站在西去二十多里的县城这个角度朝东望时，人们因雷港、东阁两村人口均是倪姓者居多（实为同一宗族），而习惯将两村笼统称为"东阁"呢？但查县志所载清代望江行政地图，雷港、东阁两个行政村分别标名其上，毫不含糊。然而，谁也不敢完全否定有某种潜在的可能性，地理上的某些概念和人文上的某些掌故肯定有不被我们知晓之处。东阁这个村名看来是个谜，甚至是个秘密。

美国公理会传教士阿瑟·史密斯（汉名明恩溥），在其1899年出版的《中国乡村生活》一书中说道："中国乡村只是中国人个体的放大而已，正如单个的人一样，乡村也有绰号，而且这种绰号常常将其原名取而代之，原名反倒在人们的记忆中消失得无影无踪。"除绰号外，史氏还谈到另一种情况：一个村子本来名称是"李古寺"，全称是"李家古代寺庙"，后来变成了"李广寺"。"东阁"是不是再由一个绰号演变而来的呢？而从"李广寺"可看出，一些村名的变迁颇有唯美和崇"英"的攀附倾向，"东阁"显然也有此嫌疑。

其实东阁村的名称还有三个：一名"东郭"；一名"东方红"；一名"獾子冲"。此外还叫"东阁冲"，但这与"东阁"是一个意思，只不过具上了地形特点而已。"东郭"之"郭"与"阁"音近，系串写串读造成，楼阁都不存，城郭焉有之理？"东方红"一名，具有时代特色。至于"獾子冲"，据说是獾子这种鲁迅先生笔下曾提到过的小动物在东阁过去特多，作为"远村"和"江村"，獾子、野兔之类于几十年之前在古雷池的出口附近"安居乐业"是很正常的。

獾子冲或东阁冲的"冲"，于我具有特定的意义，我从两岁到十八岁的十几年中，就在这面积约有四百平方米的高土坪上的一户人家，累计住过不少于三百个日子。我母亲八个月时即由这户人家抱养至十九岁，她的养父即我的外祖父是个荒唐却具传奇色彩的人。他耽于赌，流于嬉，有一次正赌得欢，家中起火，有人告知，他理都不理，结果三间瓦屋毁于一旦。就是这样的一个荒唐角色，却在1934年的"扩红"中名列在"中国工农红军雷港独立团"的花名册上，但由于叛徒告密，那次暴动失败了，他幸存下一条性命，于1968年病故。现在为了搞清楚东阁这个村名，我问了不少人，都说不清来历，如果我外祖父还在世，我相信他一定清楚。我外祖父对我就成了一个谜，甚至一个秘密，连同他的村庄这个"东阁"之名。

应该说东阁这个村庄再普通不过了，和它面貌相似的村庄在长江两岸的彭泽、宿松、枞阳、东至以及望江的其他滨江乡镇到处都是，但由于与我个人有一份难得的机缘，我总觉得它具有一种特色。套用列夫·托尔斯泰的名言：无特色的村庄都是相似的，有特色的村庄各有各的特色。东阁这个名字就是东阁这个村庄的特色。

悠悠太阳山

　　也许在外地人眼中，望江县无山，意思是其山围小峰低，乏善可陈。但是，山不在高，有仙则灵，何必非得以自然的高险为唯一标尺呢？其实，望江不乏可道之山，太阳山即颇具韵味。

　　太阳山北距望江县城 22 里，海拔 154 米，因东西横亘约 8 里，故原名横山。唐天宝年间，李白避安史之乱，曾来横山。时值大雪，李白在平岗一室读书，后人遂将此室称为"太白读书堂"，并将横山改称为值雪山。李白《秋浦寄内》："我今寻阳去，辞家千里余。结荷见水宿，却寄大雷书……"据认为是到过望江的明证。后来文人多有诗作强调，如清人邓仪《太白台》："昔年避世隐书台，遗址于今没草莱。古树半林斜日挂，春风几度野花开。神随鲸去何曾见，月照诗魂不再来。白石青山今古在，登临空惜谪仙才。"

　　飘逸的李太白走了，空余下值雪山照常栉风沐雨，不料几百年后等来了两个著名的造反派朱元璋和陈友谅。此二人率部决战于太宿望之间的泊湖一带时，适逢春雨连绵，放晴不久，农民披戴雨具，手持农具，自动结集，助朱灭陈。陈因朱有"头戴尖顶帽，身穿倒毛衣，手拿钩铲枪，奋勇真无比"的"奇兵"相助而覆灭。而更奇的是双方交战正酣时，值雪山上竟升起了太阳，天公也有意助明主。于是战后朱元璋将值雪山改名为太阳山。

　　然而，李白与望江及太阳山的关系，史未明载，《一统志》《江南通志》均注有"相传"字样。即使李白自己的《秋浦寄内》也是语意模糊，"却寄大雷书"似是以鲍照旧典喻漂泊之意。为避安史之乱，李白确曾到过长江中下游。有个叫闾丘氏的宿松县令，不仅邀到李白来宿松，且在城南南台山南台寺之北，为其筑了一座"太白读书台"，供其读书抚琴，为此李白还吟有《赠闾丘氏宿松》一首赠予。望江与宿松紧邻，彼处打锣此处听得真，因心动而嫁接，不是没有可能的。至于朱元璋与陈友谅的决战之地，史载分明是在鄱阳湖，何来大雷池之泊湖决战，又有"太阳山"之改名呢？如果说前者的形成是缘于对大文豪的仰慕，那么后者就有胜者为王败者寇的嫌疑了。当然，这些传说的真相永不可考了，不可考的东西永远是谜，使得我在遥望太阳山时，总会生出无限的悠古之思和向往之情。

　　比较确切的史实蕴含于太阳山的实际颇丰。

　　太阳山北麓有个桃岭乡（现属太慈镇），桃岭乡出了个叫余诚格的人，其大名我从小便如雷贯耳。有关余诚格的故事虚虚实实，多以负面的形象呈现在面前，常使我听得一愣一愣的。这个清朝最后一任湖南巡抚委实背负着一大污名，乡人说他愚忠清室。当湖南的革命军打到巡抚衙门时，他挂起白旗，并拱手宣称："诸位要革命，兄弟是非常赞成的！"使得革命军以为余大帅跟湖北的黎元洪一样也要参加革命，因此很高兴，便放松了对他的警惕，而他则趁乱溜出巡抚衙门，仓皇逃出湖南，经由江西跑到上海当起了寓公。因余诚格是个有影响的人物，到上海后，他很快被推举为安徽同乡会会长，但时日不是很长，便不幸碰上著名的暗杀大王——合肥人王亚樵。王亚樵要同乡会提供一大笔钱出来，遭到余诚格的坚拒。王一怒之下，带来一群人大闹并占领了同乡会，并将余诚格依然保留完好的长辫子剪掉。余诚格只能尤限悲怆地离开同乡会，转寓安庆。后来在安庆天台里去世，运回故里时，是带着一根长辫子入土为安的。负面形象进一步发酵，乡人甚至说余诚格的科举功名都是花钱买的。

其实，乡人对余诚格的印象多属误读误听误解而来。一个冬日，我邀几个朋友一道，从望江县城出发，翻过太阳山，踏勘了他的墓地遗址，探访了他的出生之地，并有幸拜读了《余氏宗谱》上他的履历，后来我又在网上网下查找批阅了大量有关他的历史资料，对他总算是有了比较客观的认识。

余诚格（1856—1926），安徽望江人，字寿平，号至斋。他县府院三试、乡试、会试，历试连捷，秀才、举人、进士，步步进阶。光绪十五年（1889）由进士而为翰林院庶吉士、编修，正式步入官场。京官五年。任都察院山东道监察御史时极为勤言敢奏，在头三个月里竟上了七十余奏章，如果按小时算的话，几乎是每三十小时奏上一章。他刚直而无畏，参劾时弊，无所不至，几年内参人无数，将言官的职责和胆气发挥到极致，一时名震京畿，人称"余都老爷"。作为康有为于光绪二十一年会试时的座师，余诚格对戊戌变法持赞成态度，特别是在康遭通缉时，别人避之唯恐不及，他却私往天津晤康，而康与老师见面数小时后，即从容乘英国太古公司"重庆"号轮船从海上逃离。正是因为此一节，余诚格遭贬外放，任地方官长达二十余载，未能再回京城任职。他的职位好似钉子一样固定在广西省域，先后任思恩（因母丧未到任）、南宁、桂林知府，广西左江、太平思顺兵备道，广西按察使、布政使等。他办理政务雷厉风行，能取才察吏，颇受上下好评。后期任陕西巡抚，数月后，被清廷急调为湖南巡抚，以防堵革命浪潮，直到巡抚衙门被冲击时才施以小计而逃脱。

余诚格书法诗文俱佳，《全清词钞》录有他的作品《金缕曲·徐积徐属题定陵访碑图》。《中国近代史词典》（上海辞书出版社1982年版）人物条目中，载入的唯一望江县人就是余诚格。

我搞不明白，像余诚格这样一个本应被乡人引以为荣的历史人物，怎么在邑人心目中的形象就变得那么不堪呢？更为悲哀的是，在他入土为安三十二年后的20世纪50年代末，还罹受一大劫——惨遭乡人的掘坟戮尸！

心有所堵，便使得我每次路过太阳山时，都不由得对着山上霭霭的烟云发一声长叹，感叹历史的波诡云谲、现实的扑朔迷离和时空的飘忽斑驳。

北麓出了个遭人误解名声不堪的余诚格，南麓出了个陈树屏，却一直为邑人所称道。

一次我在安庆状元府门前的碑林中，闲看近代安庆籍名士碑刻墨迹。有一碑曰"勤俭黄金本，诗书丹桂根"，落款为"望江介庵"，而望江入碑林者也仅此一件。介庵是陈树屏的号。陈树屏（1862—1923），字建侯，晚号戒安，望江凉泉太阳山南麓陈氏冲人。陈树屏与太阳山有不解之缘，在其短暂而漫长的少年时期，他常到山上捉鸟、采蘑菇、看日出、遐想。据说他做官后仍念念不忘太阳山，1906年因母丧回籍后，还曾仿效先贤心性，在太阳山顶筑室闭门读书一月有余。他二十八岁中举，二十九岁登进士，授翰林院庶吉士。1894年起，历任广西融县、湖北罗田、江夏知县、随州知州、武昌知府等职。在罗田任内，罗田人称之为"陈青天"，并编演《罗裙记》以颂其事迹（此剧现仍被皖鄂赣许多地方列为传统戏主要剧目）。到随州上任时，前任知州留下积案百余起，他不到三个月处理完毕，案无留牍。在江夏（今武昌区）任内之始，遇一棘手大案：县狱有一囚犯自称为皇帝，并常有"听朕回京发落"等语。时光绪帝正被囚禁在瀛台，民间有"六龙微行之说"。总督张之洞亲审此案也不敢决断，惹得民谣四起："武昌黑了天，皇帝坐了监。"陈树屏的办法，简单而明快：先按宗人府条例杖责嫌犯八十，继据原口供中的破绽，巧斥其谬，结果真相大白：假皇帝乃山西平遥县人杨国麟，系一异想天开之辈。1903年陈树屏被派赴日本考察政教新制，回国后任蕲州知州兼学政，一年之内创办师范学堂、实业学堂、初等学堂计六十所，硕果累累，实为当时罕有。最为可贵的是，在湖广督署参事、文案任上，遇清廷在武汉大肆搜捕、杀害革命党人，他主张宽缓。后来，袁世凯多次委以官职，他都坚辞不就。陈树屏一生官职不到中丞，但官声颇佳，政绩甚丰，民碑极好，在明清两代几十位下自知县上至督抚的望江籍官吏中排名第一，实为太阳山孕育、滋养而成的巨子。

由陈树屏，我自然又想到了另一个人，此人系陈树屏的外孙，即当代经典作家之一的张贤亮。张贤亮母亲陈勤宜（1908—1969），生于陈树屏湖北武昌知府任上，青年时燕京大学肄业后赴美深造。她美丽贤惠、坚忍不拔的性格为张贤亮树起了一座永远向上的标杆。2007年4月张贤亮曾和刘心武、余秋雨一道来合肥，在接受记者采访时他满怀深情地说："母亲是安徽望江县人，母亲是影响我最深的人！"我读过张贤亮不少作品，记得当年读他的名著《绿化树》时，我是何等的废寝忘食，而近年当得知他是陈树屏的外孙时，我又是感到何等的亲切啊！

颇富意味的是，就在陈树屏离世二十三年后，一位同为陈姓的湖南湘乡人风风火火豪气干云地来到太阳山下，并恰恰住在陈树屏出生、成长的村子。此人即著名大将陈赓。《陈赓日记》载："4月20日16时后，乘车到凉水（泉）铺东北之陈氏冲'陈氏祠堂'宿营。一连串的工作，深夜始息。"1949年渡江战役前夕，陈赓及四兵团司令部为何要选择在离华阳渡口三十里的陈氏冲宿营，我想除了战事上的考虑外，可能还因为这个村子跟他的姓氏有关，且他很可能听身边的人介绍过陈树屏其人，于是便有了一种亲切感，说不定还因此想起了自己那位身为旧式乡村文人、已过世有年、曾深受毛泽东激赞的父亲陈绍纯先生，不然他为何不选取旁边的村子呢？其实陈赓与陈树屏何止姓相同，我粗考过，二人均系"江州义门陈"分庄外迁的后裔。但不管如何，陈赓的小住，使太阳山平添了极浓重的一笔。

山由天地而生，因人而名，因传说而神秘。太阳山，小山，无自然之奇貌，无古迹珍宝之遗存，然颇具悠悠人文之佳构，岂能小视！

在大雷岸怀想陶渊明

　　我曾经长期生活在一个古代叫雷池的地方。在江之滨、水之岸，在或悲或喜或麻木的精神状态下，我的脚步总是显得有些迟缓和犹豫，而思绪总是像过眼云烟那样带着些伤感的意味。面对着滚滚江水，我时常怀想一些曾在这儿活动过的众多古人：温峤、陶侃、鲍照、陆游、魏禧、洪亮吉，特别是陶潜。

　　陶潜即陶渊明，东晋大诗人，古代著名隐士。他登大雷岸的时间在420年左右，略早于比他晚一辈也晚一个朝代的另一位大诗人鲍照的登临。一封《登大雷岸与妹书》使鲍照在439年之秋的那次登临广为人知，而陶渊明的那次登临却是寂寞的，一如他的晚景。雷池故地在今安徽望江县，是一片与长江大面积相连通的广阔水域，系古代兵家必争之地和著名鱼米之乡兼自然风景区，长江的这一段也便称为大雷江，但凡登此段江岸，均习称登大雷岸。鲍照登大雷岸作毕家书交付驿发即返回舟上，而陶渊明在一户人家住了几宿。陶所登之岸及所宿之地的具体位置在今望江县华阳镇陶寓村，其地原名桃花滩。

　　这位江右浔阳柴桑（今九江县西南）人陶渊明先生，作为一介布衣、农夫，一位隐士、诗人和前小官吏，一生足迹短促，履历简单。其卒年后人考定为公元427年，但生年却有365、372、376年之说，可见他清名虽著而生平寂寞。他曾任江州祭酒、镇军参军、彭泽令等职，最后在彭泽令任上，他只待了八十余日，便口吟《归去来兮辞》弃职归隐故里，过着"息交以绝游""悠然见南山"的清寒而平静的生活，惹得后人钦羡不已，"且欲近寻彭泽宰，陶然共醉菊花杯"，唐朝诗人崔曙如是吟道。

陶渊明缘何登大雷岸？其时该地虽置县不久，名"新冶"，但它境内的雷池却早已声名大噪。公元 328 年，东晋江州（今九江）刺史温峤、荆州刺史陶侃共率百万兵，取道并屯驻雷池，以东进讨伐叛乱的历阳（今和县）镇将苏峻。而有意思的是，就在上年，温峤要出兵平叛时，朝中老谋深算的中书令庾亮，却还顾虑自己的人也即此次与温峤同行的陶侃乘虚而入，"吾忧西陲，过于历阳，足下无过雷池一步也"，在《报温峤书》中庾亮如此叮嘱，而"无越雷池一步"遂为著名成语。九十余年后，陶潜登临大雷岸，其原因，从根子上说，应该是与他要做一点文人式的考察有关，是他人文情怀的一次勃发。他不满当时士族地主把持政权的黑暗现实，不愿为五斗米折腰，因而总想弃官不做，但骨子里却永远不弃忧国忧民的情愫，并时刻表现在对历史的自觉总结和对现实的冷静关注上。不过具体到他那次登大雷岸却应该说是处于偶然，是岸上那隐隐约约的一片桃林玉成的。

说是那年春上的某一天，才任彭泽县令不久的陶渊明，正坐在县衙里甚感无聊，老家人便走到他跟前来说："老爷何不到一个去处去散散心呢！"陶渊明说："哪能有什么好去处，除非回老家的庄子！"家人便提醒："江斜对面大雷岸上的那一个去处，老爷难道忘了不成！"

陶渊明方才想起上年的一幕。上年秋末，还赋闲在庐山下的他，在彭泽县域最东端一个叫东流的集市某老友处盘桓了多日。老友家境颇好，已为他专门在一个叫牛头山的风景清雅的地方修筑了几间房子，他一来就住在那儿（现今当地政府将其命名为"陶公祠"）。去时船是靠南岸行，归时却是靠北岸驶，所以当行经到雷池地带时，好大的一片桃林便展现在陶渊明和家人的面前。万木凋谢的深秋，桃林是黑压压一片，一望无际，似别有洞天。家人说："老爷，我们何不上去看一看！"陶渊明说："待来年桃花盛开时再来岂不更妙？"

　　现正是烟花三月之时，家人的及时提醒，使陶渊明顿时兴致勃发，当即吩咐道："可速备小舟，明日五更启程，后日午时可到雷池观那桃花！"家人一溜烟跑去找船去了。

　　这一日，江上风平浪静，一只扁舟如叶，桨声叮咚，立在船头的陶渊明听得甚觉亲切。公元五世纪的初年，江宽水清，山川寥廓，地广人稀，空气极好，且暂无战事，这些使久已厌倦官场行径的他心境平和得似三月的初阳。船顺流约行到百余里，正是雷池地带，但见北岸烟柳丛中忽现出一片火红火红的桃花，十分夺目，一生爱柳、爱菊尤爱桃的他不禁感叹："好大一片桃！天下桃林此第一！此处桃花甲天下！"

　　于是急忙和家人一道弃舟登岸。漫步行来，目不暇接。所见皆清一色桃树，棵棵竞相绽放粉红花朵；朵朵争奇斗妍，蛾眉不让粉腮；地上芳草青嫩鲜美才及踝，落花缤纷，花瓣依草，草托花瓣，美不胜收。他终于见到了无数次在梦中见到并迷恋过的无纷争无盘剥无尔虞我诈的净土了。

　　陶渊明为何最钟情于桃花？如若说钟情于菊和柳，是因菊有凌霜而傲放的高洁品质，柳有朴素而旺盛的活力，那么桃有什么呢？我想，很可能是因为桃以繁密而简洁的花枝营造了一种氛围和背景，一种祥和的远离尘嚣的氛围和背景。此外，是否还因为桃与陶谐音，有"桃就是我，我就是桃"，类似于庄子的"庄周即蝶，蝶即庄周"的意味呢？

　　陶潜在雷池岸上继续前行，所见皆有美不胜收之感，心中的余累尽释，且灵感喷涌。

　　偌大的桃林忽地挤进两个流连忘返、乐不思蜀的陌生人，便越发地灼灼其华了。且行且赏，且赏且行，一路仍是看不尽的桃花。只是半日已过，天色也不早了，主仆二人才想起竟未见一个土人出现，难道这片桃林无主，是野生的不成？不知不觉又前行了多时。忽听到家人惊喜地说："前面莫不是人家！"陶渊明抬眼看，不远处，桃林的尽头，是一片"土地平旷，屋舍俨然""黄发垂髫，并怡然自乐"的村落场景。好一片清雅安静的村落啊，但见一排排茅草顶土砖墙的屋舍整洁有序，房前屋后平整开阔，三面环绕着青绿的水稻田，水鸟依依，鸡犬相闻，轻烟袅袅，似云蒸霞蔚中的一处仙境。几个童子见到陶渊明和家人，老远就青嫩地喊："来客啦！来客啦！"就有几个老者急切地迎过来。

对于"陶渊明"这个名字，村人少有耳闻，当听说来人是江对岸的彭泽县令时，便有些失望，但听说这个名叫陶渊明的是个好官且特会吟诗时，便复又兴奋异常。全村家家户户都感到荣幸，仿佛来人是每家久未走动的至亲。张家大哥拉，李家婶子挽，刘家大儿拽，各往自家揽，弄得老陶二人好不感动。酒是米酒，鸡是土鸡，鱼是江鱼，人呢，不是乡亲，胜似乡亲。那晚陶渊明在村人的盛情款待下沉醉了，沉醉了便吟诗："依依墟里烟……"

村人留住二人不放。第二天、第三天，接连五天，陶渊明都在村中长者的陪同下，足迹遍及桃花滩。所到之处，皆是平和宁静之景，世外桃源之境，使陶渊明恍若有似曾相识之感，不禁沉吟：庄周即蝶，蝶即庄周矣——陶潜即桃，桃即陶潜乎！最后一日，夜不能寐，思如泉涌，便又作文一篇，吟诗数首，皆以桃为题。

故事说到这里，我要节外生枝地"思考"一下：人们，特别是目不识丁的村人们，对陶渊明如此钦敬，到底是为了什么？是因其诗名还是因其隐士的风采？但其时他还在官场上，并没有离开，还没有隐去，难道这些村人预感到他即将辞官进而成为隐士？那这些村人就太不简单了。隐士的身份的确能攫住人们那不满现实的心。中国古代最让老百姓挂心的大致有三种人：减徭赋的改革者，御外侮的民族英雄，高风亮节甘于贫寒的真隐士，而最使他们感到亲切和高山仰止的则属隐士，因为隐士具有朴素而深邃的精神。唐人说，"唯有饮者留其名"，其实应该说唯有"隐"者留其名。隐士是中国封建专制制度催生出的一朵奇葩，是历史人文景观中最使人喟叹的景点。与陶渊明相比，姜子牙的垂钓之隐、范蠡的携名姝巨财之隐、山涛的隐而待仕之隐，皆是伪隐。20世纪出生的美国人梭罗也是一个了不起的人，惜乎只能算是一个"曾经"的隐居者，因为他的出世停留在实验状态，毕竟是为了入世，不像陶渊明一经出世则就纯粹是一个隐居者直至其"托体同山阿"。想做隐士者即便是今天也是大有人在。因为厌恶虚伪、趋炎附势、相互倾轧、利用之类的行径，这些正直、诚实的人心里非常痛苦；他们实在不想争什么，只想本分、公平地付出和得到，但是怎么能够呢？于是就想从此扬长而去，想着哪怕是回家种一亩三分地也是好的。最终还是生存的问题绊住了腿脚，因而做不了隐士。只有陶渊明才做得干脆利落义无反顾，使得千余年来人们对他最不能忘怀。从这种意义上说陶渊明的仕而归隐之路是一种历史性的绝唱！

桃花是真隐士的象征之物，是真隐士的冠带，它使得隐士非仙而神，风骨飘扬。大雷岸上的这一片桃林在冥冥中等的就是陶渊明，要把自己交给这个人，这是归宿。这些桃花终于如愿以偿。

陶渊明走后，村人便多了他这个远地的亲戚。才过一个月，就听说他辞了官，村人十分关切，盼着他再来一游。庐山之南、南山之北的远亲是不会再来了！村人想念的结果便是，将村名桃花滩改为陶寓滩。

时光荏苒，物换星移，数百年后，村里出了个秀才，经他多方考证：在村里的那个最后一晚，陶渊明所作诗文，便是《桃花源记》及《桃花源诗》。关于此说，秀才之后的村人并未记住，也无官家采信，因而未得流传。陶渊明登大雷岸的史料，也是静静而未有过炒作的，目前见于官方的仅有《望江县志》里面的寥寥数语："华阳镇附近的陶寓滩，原名桃花滩。滩上遍植桃树，晋代陶渊明曾乘舟至此观赏桃花并借宿，之后村人遂将桃花滩改名陶寓滩。"

虽然我无法肯定，陶渊明是在那次登大雷岸的时候完善了《桃花源记》及诗的创作，或者说这些诗文的问世乃直接缘于那次登临，但我完全可以赞叹这么一句：静静而卓绝的人，面对静静而卓绝的景观，当然能写出文学史上最安静最高标独具的文章！

心中的安庆城

　　堤上草又青了，远远望去漫坡漫坡的，不由得使人生出一种要走向远方的强烈愿望。生活在城里的孩子，他走向远方的愿望可能是穿过钢筋混凝土连片的建筑群到那陌生的乡间去，而生活在乡间的孩子，他走向远方的愿望则可能是走啊走啊走到那楼房很多很高、街道很宽很长、人车川流不息的城市里去。我是个乡下孩子，从我记事时起，就有了这种强烈的走到城里去看看的愿望，特别是年年草发青的季节，我的愿望更是日甚一日，几乎成了心病。

　　那时，我慢慢搞清了，站在我家门前大堤上向西是两个有名的城市——武汉和九江，向东最近的城是安庆。但我觉得武汉太远了，九江又在江南，也远了些，且两城都不属于安徽省，只有安庆，离我家只有一百二十里水路，坐轮船只需四个小时，又常听到大人讲安庆过去如何如何现在又如何如何，于是从地理上到心理上我心里的天平完全倾向了安庆，要到安庆去一趟的愿望时不时咬啮着我少年的心。

　　然而，一个普通的乡下孩子，在那 20 世纪 70 年代没有特殊原因，而要到城里去一趟是很不容易的，首先是没有钱买船票或车票（到城里后的吃住等用度没有考虑过，也不晓得考虑），其次是没有时间，因为要上学，要打猪草、捡粪，而主要的是你根本不敢向父亲提。"到安庆去"，其实这想法这愿望是太奢侈、太不切实际的空想。每每念及安庆还没有去，我心里的那种咬啮感就加紧一次。

于是"听"安庆和"看"安庆就成了我聊以自慰的爱好。村里有个老人，早年在上海做过事，他除了谈上海，谈起安庆来也是一套一套的。听多了，我才知道安庆是个历史文化名城，做过安徽省的省会一百多年，许多了不起的人物如陈独秀等都在安庆从事过革命活动，而且安庆还成为过大战场，太平天国二十四岁的英王陈玉成与清廷老谋深算的台柱、湘军统帅曾国藩在安庆进行过殊死大决战。每当老人一次又一次提到那个与一万余名将士一同战死的守城将领叶芸来时，老人的面部就呈现出一种悲壮的神色来。这样的故事反复听，我就佩服安庆，而不仅仅是佩服安庆那些聚聚散散的古人、近人和今人，而是安庆这个城。听得越多就越不过瘾，于是我就"看"安庆，从连环画上看。所幸七十年代是研究太平天国革命的一个高峰，受此影响，连环画出得很多，在我的印象中这些连环画直接描写安庆保卫战和陈玉成的似乎特别多。我总是想办法如捡碎玻璃、收集破布破鞋去卖，从而搞到一两毛钱，然后急匆匆兴冲冲地跑到小镇唯一的书店去买来连环画，坐在同马大堤上秘不示人地独自翻阅，独自陶醉，独自发呆。我在堤上想，安庆，我何时能真的去看你一看呢？

机会终于来了，我的父亲要到安庆去治胃病，并说要带我一同去，十岁的我乐坏了，简直不敢相信这是真的。自然一夜没有睡好。我们坐了一艘中轮，快到中午，我看到岸边耸立了一座宝塔，我说安庆到了，父亲说，这是东流的宝塔。等真的到了安庆，我却迷迷糊糊地睡着了。当我随着父亲就要下船时，进入我眼帘的一切令我终生难忘，只见满港满港的船，满眼满眼的灰白色的楼群；走到街上，看到的是鳞次栉比的店铺，水果摆得满街都是，过街的人摩肩接踵，或匆匆，或漫步，一切都令我目不暇接。若干年后，每当我读到陆游的"楼船夜雪瓜洲渡，铁马秋风大散关"的诗句时，我就奇怪地想起这第一次到安庆所看到的情景，导致这种心理的原因，恐怕只有心理学家能够分析清楚。初时去安庆的经历现在就只有这一点印象了，其他的都被什么给"锁"住了，找不着钥匙。我日思夜念要去安庆，去了安庆后却记不得什么了，这种情景，就像露天搭戏台，费了很大功夫，却只唱了一台折子戏，就被拆得无影无踪。

到了 20 世纪 80 年代初，我甫进成人行列的时候，倒是又有了一次去安庆的机会，但这次说来可怜得很——我是因腿骨折到安庆当时最大的一家医院住了三个月，那真是叫"躺着进院抬着出院"啊。作为成年人，我在安庆居住了将近百日，双脚却不能落上安庆土地半步，不能游历安庆城，至今想来仍唏嘘不已。

后来，我进了家乡一家不算小的纺织厂，不几年，因为能写一点东西，被擢拔进厂办，干的是起草并上报材料的活，因为这种关系，我去了无数趟安庆，但都是从陆路，从那个令我肃然起敬的集贤关。我这个人干活太专一，除了到一些机构和部门办事外，不愿旁顾，所以，暌违至今，年将半百，我还没有去过"英王府"旧址，还没有登过修缮后的振风塔，还没有去拜访过在心中一直记挂着的那几位师友。现在我最想去的地方是陈独秀墓地，我实在应该去拜一拜、祭一祭陈独秀先生。安庆城里，即使那些大街小巷，那些楼群，那些讲话有着韵味十足的黄梅戏调腔的人，我都还没有看够，还没有体味够。

安庆，这座历史文化名城，在我心中永远是个解不开的结。

读你的名字

经历和失去的已经很多，而你的名字仍被留下。

你的名字是三个普通的字。你的名字因为普通，所以好读且好听。你的名字使我怀念至今，而你却分毫不知晓。默念你的名字，就感到一缕早春的气息从我鼻翼游弋而过。

你的名字好读且好听，我便常常读常常听，像常常读一弯新月挂在田野的上空，像常常听空灵而幽秘的夜阑不知不觉地飘过来又流过去。

读你的名字多了，听你的名字久了，你便带着一尘不染的微笑款款走进我清澈而伤感的眸子。

年华似水，季节的双手推得我无暇转过头去。感情的历程就像飞鸟的历程游鱼的历程，如果不是刻骨铭心，是不会留下任何痕迹的，故急需一种心灵的东西来保持，就像流水保持游鱼，天空保持飞鸟，泥土保持种子，绿叶保持芬芳，我保持了你，靠我的心灵，而你的名字就是我的心灵之弦。

读你的名字，读过了整整一个窒息的夏季；听你的名字，听过了整整一个长冷的冬季。于是你的名字不可阻挡地随着春风一同飞进了这个崭新的二月。

二月的黄昏，喧哗着春天最初的微笑。一块蓝色的天幕，犹如一片簇新的地毯。太阳无奈地走到了最西边的位置，汪汪地转过涨红的脸膛。

河里如茵的柔波，粼粼地晃荡着生命的原色，船家在那满溢的暖色中操持着生计，而那些船儿就像早先的歌子一般，饱经风霜。当这一切开始变淡仿佛云雾泊于远山一般时，岸柳的芽苞便又重重地绽了一圈，风在它们身上擦过，留下了热烈的吻，而整个林子便陡增了一种颜色——鹅黄色——这一种人间与大自然亲密合作的美色，转瞬就浓得像盛唐时春江花月夜似的古风之调。

在这个时光，读你的名字，听你的名字，一个人读，一个人听，你的名字无与伦比。

读你、听你，是否我也走进了你的视野？！我真切地感到了我现在呼吸的空气就是你刚才呼吸过的。这个黄昏，我想告诉你我虽已不再是一个梦幻少年，不再见着风花雪月而轻易伤感，也不再耽于沉思耽于静处，但我仍然不停地怀念着你。

早先，我就是一粒太阳的种子，我已走进泥土，我的履历就是春华秋实，我的最终景致就是奉献和粉碎。虽然我也许还会哭泣，但我决不会再抱恨一切都如流水般蹉跎过去，因为我知道总有一些东西是不会磨灭的。譬如微笑和你的名字。

只有微笑和你的名字是永远的。它们挣脱了一切束缚在这世界飞翔，世界更加美好，我就更加幸福。飞翔的还有我的嘴唇和耳朵。

读你的名字，听你的名字，你的名字在我的浑厚的声音里飞翔着而无比动听。无数次我看见你轻盈地步入我含泪的眸子又消失了，只有你的名字留下。

而我，将更加深沉地爱我应该爱的一切，拥有我应该拥有的一切，生存、生活、生命以及你的名字。

月光下

　　月光在严丝合缝的厚厚云层上哗然而无声地浮动，云层之下，大地之上，遍是明朗、黝黯的空白。一幅与世隔绝放荡不羁而忧心忡忡的写意。

　　你与我走来，纷披这湿漉漉清凌凌之魂。而我们似不曾相识般默然对视。隔着隐隐隆隆的亮度，隔着四眸相擦而生的千古云雾，在这白夜中我们试图相拥又试图相弃。我们相信，若将距离再靠近或拉远都是一种违背——违背生存之初衷、生死之法则以及时空于各自心灵烙下的那记深红的印迹。我们是两个点。我们暗示着超越的最大限度，又暗示着一切即将进行的姿势。我们是一种哲学上的存在。我们伫立在月光下，如二尾静止的鱼。我们没有动，月光在动。月光这海无波无浪。在月光海中生物都是永恒的风景。月光披满了我们龟裂的血液之道，洪涝了我们干涸的心田，泾渭分明地隔开着我们，如一首缓缓吹起的歌。

　　我们无法亦无须操作什么。月光下最繁华的表达，都是一种空白。

一粒微尘

刚好肉眼可辨

它等待的心情

宛如天上某颗孤星闪烁

第三辑

倾听与仰望

蓦然发现

"天完全黑了下来，四周静得可怕，突然有一个黑影出现了……"这是莫言或是阎连科的哪部小说中的半句话，我不记得了，也可能是我在潜意识中强加给他们的，不过类似这样的句式，随便在哪篇小说里都能找到；下半句应该是"只见……"，而这个"只见"就意味着某件事物的被"发现"。

某天我想起了一条河，发现自己竟然好长时间没有去看它了。我之所以想去看它，是因为春天到了，储存在我记忆中的它的印象也鲜活起来了，如河床已经完全沉入水底，流水哗哗，时而漂转着几根从上游递过来的青柳枝等等。但当我翻过大堤，终于看到它时，我感到失望甚至沮丧，就像辛辛苦苦写了篇稿子，投出去后，天天等啊等，结果有消息传来，那家杂志停刊了。这条河也"停刊"了，它竟然没有流水。春天没有流水的河还能叫河吗？那天晚上我在便笺上写下："我'发现'童年的河流已经消失了，近段时间没有比这更叫人伤感的事！"

当然，我不会因为发现了一条河流失去了"童贞"，就陷入精神痛苦的泥淖中。现在与我关系最大的事是工作问题，领导对我的评价问题。就在前天，我去领导那儿汇报工作，领导表扬了我。我这个人是经不住表扬的，"他人一表扬，我就喜洋洋"，何况是领导的表扬，何况已经好长时间没有听到领导的表扬了，我简直有点热血沸腾，觉得表扬者和被表扬者，在这块地方都是非同一般的人物。那天下班，我跨上自行车，真有些"春风得意马蹄疾，一日看尽长安花"的风采。不料前面是一条坑洼处积满了雨水的泥土路，我突然连人带车栽入一个水坑里。爬起来稍一定神，就"发现"了一个道理：盲目乐观，必受惩罚！

显然，发现与发明不同，发明是创造，而发现似乎是生活中的一种常态，是某件事物被认知的一个开始或结束（这里不包括重大事件的发现，如某种天体的发现，如哥伦布对美洲大陆的发现），所以有发明家而无发现家之说。但"发现"如果剔除那种具象的如"我发现你头上有几根白发"之类外，也是颇需费一段时间的。

譬如对一部作品的"发现"。我曾经喜欢过一部小说，是已故姚雪垠先生的长篇历史小说《李自成》。我读了它十年，心里自以为是地把它提到了与肖洛霍夫《静静的顿河》一样的高度。后来有人说《李自成》许多情节、细节的设置和描写很"现代"，有高大全迹象，有"第二次土地革命战争"和"统一战线"的影子。我对这种说法很怀疑也感到很不愉快。时间到了1999年，姚雪垠先生故去，我全力投入新版全套《李自成》的阅读中，期望重新获得曾经有过的阅读的快感。但是，我不知道是那些先入为主的"别论"左右了我的阅读，还是我自己由于知识的增多和认识的加深而确实读明白了，或者二者兼而有之，反正这次阅读的过程很枯燥。由此我"发现"：个人的阅读，一经外部声音的侵入，其思想的判断，就会呈现随波逐流的趋势。即如《李自成》这部小说，我在这次阅读中难免采取的是审慎和挑剔的态度，因而也的确发现了它的美中不足之处。但即便如此，通过一番评估后，我坚持认为它仍是一部非常优秀的作品，它的充溢全书感人至深的民间情怀、它的扎根底层的视角和叙述姿态，是当下许多所谓优秀的作品难以企及的。因而我欣喜地"发现"，我对《李自成》有一种永远割舍不开的亲切感情，对姚雪垠先生更是崇敬不渝。

应该认识到，有所"发现"，其实是可遇不可求的，它需要灵气玉成。莫言发现了高密东北乡（他自己认为是发明），因而他得以营造出磅礴、庞大的文学世界，他不获诺贝尔文学奖才是怪事呢！莫言离我太远，拿他说事有大而无当之嫌，还是举些近者之例吧。大别山南麓有个叶静，发现了"打量"这种观察事物的手段，令人耳目一新（散文《打量》）；望江乡下的高士岭，张颠负重爬坡，抬头发现，一轮"老月亮"正在无限悲悯地看着他，乃赋诗一首，使人读罢顿生浓郁乡愁（诗歌《上坡的月亮》）；与野菊花不期而遇，金国泉发现了民间有精魂："这些花每年回来，细碎，充满野性，在这个田野的拐弯处，摇晃，天空几乎要发出回声！"（诗歌《野菊花》）某日，一个扛着一架梯子的人从安庆最繁华的大街上漫不经心地走过，目睹到这个景象的人估计逾千，但只有一个叫王子龙的人，发现了这"一人、一梯、一扛、一行"的巨大意味，他无须刻意思索，即落笔成篇，令人印象深刻。我不认识王子龙本人，但我深识他那个扛梯子的人，此足矣！（散文《扛梯子的人》）没有"打量"焉有"发现"？没有仰观或俯察的姿势，焉有丰沛的人文情怀？一首小诗或一篇千字文的分量谁敢轻视？不论作者名气大小，他只要有过这样一次"发现"，就是向精神领域开进了一步，并会在一定的时间内被人记住。让人记住过、使人愉悦过并且不时念叨一下的文字，难道不就是有意味的文字吗？

"敌人变成朋友比朋友还'朋友'，而朋友变成敌人比敌人还'敌人'！"最近乍听到一位企业家的这个不是发现的发现（因为早就有政治家发现过了），心里头不禁还是一阵骇然……

在秋野边散步

　　秋天，在田畈深处，绿树掩映、青藤爬墙的地方，我有幸看到这样一幕场景：几个秋天似的老者，满头白发，满脸皱纹，依然结实的身体松弛着，散淡地坐在门前，面对着一大片土地……那姿势像是一种诠释或象征——他们因坐拥泥土而成为与自然之秋浑然一体的歌者。

　　此外，我看到的就是，在田野的一侧走着一些田野之外的人。这是些什么人？他们是否注意到，那拢集在土地上，由上苍赐予的圣物——黄豆、芝麻、花生、山芋、水稻和棉花……无论丰歉，耕者在检点、触摸它们的时候，一律是心存感激的？

　　"散步，就是全脚掌落地，全身心放松。"（高行健语）谁能摆开这样的架势？恐怕只有田野之外的人。这些置身农事之外的看风景者，是那么真切地思念或向往村野，不过，若是要他们弃掉已获得的地位、财富、荣誉，绝大多数人都会却步，谁愿意承受或再次承受田野的艰辛劳作和村庄的清贫生活呢？于是来到田野上散步自然便成了一种折中的选择，何况这种散步或曰观光是不需付钱的享受呢！据说已开始出现一种需付钱的"散步"，譬如北京，就有人实行了"假日下乡当农民"，就是缴纳三四百元钱，认种一分地的菜园子。媒体称此举为"都市休闲新时尚"，但却让许多得知这一消息的农民不禁"大跌草帽"，觉得不可思议。这些农民的惊怪是可以理解的，因为毕竟目前尚无丝毫迹象表明，田园即将成为丰足而无忧扰的现代桃花源!

有一类人,譬如通过读大学成了城里人的那些农家子弟,他们实际从念中学起就正式走出了农门。树木的枝叶伸展得越高,根须扎在土里就越深,回到过去就越难。这些农家娇子,他们也已无法回到过去,只能借助探亲这种形式回到乡村。在乡野上散步的他们,自然会有一种曾经沧海难为水的愉悦感,但也难免掺杂有一种若有所失、无着无落的茫然感。还有一类人,身份是农民,职业是工人,岗位在车间,生活在村庄,缘于这一特点,我们且称其为离土未离乡的乡镇企业的打工者吧。他们是村庄的异禀、另类、黑马、未定角色。命运注定了他们是一群流水线上兴奋莫名的操作者、田园上偶尔(如在农忙时)且心猿意马的耕者、闲暇时遮遮掩掩的散步者。他们是一群日日盘桓在乡野上的尴尬人!

设想现在这个秋天你或我就在乡间散步。在冲积平原的某块田地边,你有些意外地发现,鸟已经不多了,但杂七杂八的比起城里来还是可观的,昆虫和小动物也还不少,譬如蟋蟀,肯定要比城里的废墟中多些本色;此外,如雪白的野兔子、极敏感的黄鼠狼更是容易看到。这些小生命组成了田野上除农人以外的另一种势力,它们把农人的收获当成自己的收获,为此它们也忙碌不已,发出的各种声音组成了原声的《田园交响曲》,使乡间的深处得以焕发着古典的生机。尤其是野兔、黄鼠狼的出没,常引得耕作者扯着嗓子迤逦地呐喊,但它们跑得贼快,倏地一下就消失了。毋庸置疑,作为耕者,在这些动物出现时,自然就有了偷懒或小憩的机会,而作为散步者,则肯定会为它们飘忽不定的雄姿惊叹不已。

接下来我们也会在意一些农事。我们注意到,金黄的稻禾收尽后,纵横齐整的稻茬很快变成了褐色,使田野看上去像打扫不久的战场。土地生生不息,这些空荡荡的稻田现在进入休整期,并在冬天将稻茬沤成肥料,好为下一度的产出积蓄力量。秋风吹过,田埂上半人高的野草有模有样地摆动着,四野漫起了荒凉的气息。这时忙碌已经转到另一些田块上去了,那儿的人们在收拾棉花和栽种越冬作物油菜。棉花的收拾和油菜的栽种恰是在同一段时间同一块地中进行。我们看到农民正一担一担地从远处挑水到地里来，原来对阳光和雨水的需求是一个两难的选择：棉花开得一片白，需要阳光朗照，一下雨就损失大了，但天气干燥，土地板结，不下雨油菜苗栽下去则难以成活。我们发现，农民还是祈盼晴天而舍弃雨天的，道理很简单，晴天可确保到手的成果不至于毁损，而栽油菜所需的水可以用苦力挑来，虽然干旱中靠挑水浇灌栽下的作物成活率不高，但总比轻轻松松地在雨天里栽油菜而看着雪白的棉花被淋得惨不忍睹要强得多。

　　作为农民的命根子的土地、阳光和雨水，它们在乡野上展示着诗情画意，但其间也有许多艰辛和无奈。面对此情此景，我们接下来的散步将会显出一种怎样的姿态？

觅食记

觅食地有远近，远者在外面的田地里，近者则是在生产队的打谷场上。

秋冬相交的时候，从地里运来的已结成捆的黄豆秸、稻禾等，都整整齐齐地码在宽大的打谷场上，特别是水稻，码成了几座山。这些秸禾，都要次第进行处理。黄豆用连枷打，芝麻用棒槌敲，水稻则要等到大队统一安排的柴油机和由它带动的打稻机派来才能进行脱粒。花生、山芋和玉米，在地里挖出来和掰下来时，已经就地收清，所以用板车运回来时，直接卸到队屋里归仓即可。

最麻烦也最隆重的劳作，是打稻。全队男女劳力集中在打谷场，将山一样的稻禾，层层卸下，捆捆拆开，然后喂到打稻机的口里，分离出黄灿灿的稻粒，这个过程需要忙碌十来天。每到打稻日，晚上几个大灯泡将打谷场照得亮如白昼。那台带动打稻机的、形状颇似由二百块红砖码成一方的柴油机，高约一米五，宽约半米，方正，神气，隆隆地响彻一个又一个通宵。

一切完结后，该上交的公粮，由队长指定一班男劳力用板车往粮站运。过后，就是给家家户户分口粮了。分玉米棒子，分花生，分水稻，分黄豆，分山芋，等等，管分发的人和每户拿着麻袋来领粮食的人都忙得不亦乐乎。这样闹腾腾的，几日后队屋里除了留种的粮食，就只剩下几件陈家具、旧风车、抽水机的管子、沾着些黄泥的犁铧和各种农具，有条不紊地贴墙根放着。粮食，该分的，能分的，全都分掉了，偌大的队屋，显得空空荡荡，像一口枯塘。

外面的打谷场，也是空落落的，四沿萎缩着几大堆干枯的稻草和被连枷反复击打后，显得肢残筋断的黄豆秸。

虽然一年忙碌完了，但各家所分得的口粮并不富足。母亲们都在细心地将粮食匀着下锅，这对正在暗暗长身子的孩子们来说是残酷的。这个时候，我母亲就喜欢说这么一句话："鸡要拨着吃！"这个"拨"字，是我为了方便表达意思而用的一个代字，其实母亲念的是："鸡要（kuo）着吃"，那个字，音同"阔"。母亲说的下句是"人要谋着吃"。这里面的"谋"字，我们深懂之，就是想办法去觅食。

我就带着弟弟们来到打谷场。我将已是几堆枯枝败叶的黄豆秸依次抱起来抖了又抖，刷了又刷。每有豆粒落到地上，弟弟们都是一阵惊呼，然后抢入荷包中。斩获颇丰，弟弟们的四个荷包都装不下了。但好景不长，别家的孩子都来了，他们将已被人扫荡过的黄豆秸再次拿起来蹂躏一番。几天后，所有的黄豆秸，就再也榨不出一粒果实了。

每年的秋末总有几场豪雨，在豪雨中我们却有觅到食的大欢乐。无论是在场地还是打谷场，目标还是那几堆已经筋疲力尽已然破产的黄豆秸。其实它们还没有破产。我一手擎着帆布伞，一手掀开快成饼状的黄豆秸，一直掀到底层，地上赫然散落着已然被雨水浸泡得大了一圈的黄豆粒，有的半陷在泥中，露着新鲜的脸蛋。弟弟们照例又是一阵惊呼，抢入早就准备好的小布袋中。然后又掀另一堆秸禾，又是有喜悦惊现。

黄豆就是黄金。把它们变成鲜豆腐、豆渣和豆腐乳，乃美味。除此，炒黄豆也是绝佳的零食，香脆有劲道。至于煮黄豆，加香油，加盐，加大蒜瓣，加红辣椒片，好看又好吃。每每一碗端上桌，就被我们兄弟几个一扫而光，常常把二两山芋干酒才只喝了一半的父亲气得吹胡子瞪眼睛，而还没吃饭的母亲，则在一旁双手搓着围裙长吁短叹。

打谷场上的黄豆已然颗粒无存。我们只能向远方进军了。远方，就是离家五六里外的那一片片花生地、山圩地。长江冲积平原多为沙地，最适宜种植花生和山芋。我们队里的花生地、山芋地加起来足有一百二十亩，但旁边有几片坟地，这对我们是个不小的挑战。然而肚子饥饿的挑战更严峻。我们队里的孩子必须团结起来，必须马上向那儿进军，因为再过几日那几片地就要换季种油菜了，一旦种上油菜，谁家孩子再在那儿瞎鼓捣，就无异于破坏生产。

于是，一个队里的七八十个孩子，个个带着短柄的、长柄的五齿铁耙梳、铁锹还有花篾篮或布袋，结伴向花生地、山芋地，进发了。我们发誓要将那几片地像过筛子一样翻一遍，发誓要将生产队打剩的每一颗果实悉数从地层里寻觅、挖掘出来，收入囊中，然后，让它们入该入的地方——我们的肚子里。

如今我们再也不缺吃的了，可我的肚子里、精气神中，那些花生、黄豆、山芋的气息还在氤氲。

现在，谁要是说 20 世纪 70 年代的粮食吃着香，我是赞成的，但若是因此就说现在的东西不好吃，我非跟他急不可，因为现在的粮食，一张口就有得吃，这难道不正是几十年前我们梦寐以求的好事吗？

捡粪记

捡粪，书面语的叫法应该是透着文雅气的"拾肥"。"捡粪"这一称呼虽然俚俗，但直奔主题，果断、掷地有声，吻合这件事的本质，而拾肥这一叫法，就难免歧义丛生、意态扭捏——"肥"的意象广了去了，是草木肥、人畜肥还是化肥？所以我们那里只叫捡粪，且专指捡猪粪。

现在基本上看不到有人捡粪了，似乎捡粪是我们这一茬人的专利，我们长大了，捡粪这件事也就在村里随之消失了。"懒伢，还不快起床捡粪去！"早晨，这句有力的吆喝变得很遥远了。

捡粪的一套家伙只有两件：粪刮一根、畚箕一只。有些村里叫粪刮作屎耙子，但我那村里绝对只叫粪刮，"粪刮"的叫法就是好，你想象一下那"刮"字就会感觉到一种连泥带草一齐收拾的干脆劲。有些人家捡粪的家伙有两套，足可见出这家家主的精明，因为两套家伙同时出动，一套往村东绕村南，一套往村西绕村北，收获必丰，用的是包抄出击的战术。

只有一套家伙的人家就赶早，颇有些笨鸟先飞的勤快。经常是天不亮，我就被父亲从暖烘烘的被子里拽起，老大不情愿地带上家伙出门。看是不大看得清，但我对猪粪的判断力还算准，见到一堆黑乎乎的东西，便赶快用粪刮将它刮到粪箕里。因一出门就小有斩获，人突然一下清醒起来，然后继续寻寻觅觅地前进。等到粪箕里装着的粪一多，前进时身体要向右边倾斜二十至三十度，但这也就接近"班师回朝"的时间了。一想到父亲将一改生硬的脸色而施以赞扬的目光，两脚就特别有劲，巴不得几步就跨到家门口。

冬天里地上走起来吱咔响，寒气逼得人脖子越缩越短，头上戴着绒帽，脸和手冻得像红萝卜。必须忍耐，必须全神贯注地忍耐，而且必须赶早。但情况是你起得早，往往有人比你起得更早。我那村子小，从上街头转到下街头只需二十几分钟，而你往那头去，就有别人往这头来，所有地带已被三番五次"扫荡"过。人跟着猪走，眼睛瞪着猪屁股，有时候还出现"螳螂捕蝉黄雀在后"的情况，稍一疏忽，一泡又大又肥的猪粪就有可能进了别人的粪箕，别提有多窝囊。猪要是屙屎的机器就好了，要是的话拍它一粪刮让它立马再屙一泡。所幸的是总有人家的猪刚刚走出猪栏，正好被你碰上。我有一个小经验，跟着一头猪走，跟定了，就在我类似于"芝麻开门"的念叨中，那猪就撅起了可爱的尾巴，"下蛋了"。勤转悠也是一种重要战术，一定要勤转悠，千万不要因为某地带有人转过了你就不再去转，世上总有些人很粗心也很不相信奇迹，我就经常在别人刚转过的地带颇有收获。

本村的粪越来越难捡了，到别村去如何？我们这样想并这样做时，别村的捡粪伢也这样想并这样做了。你到我村来，我到你村去，都站在本村的立场上欺生，末了仍是各回领地。

捡粪如同写诗，需有灵感。我们在完不成父亲交给的任务时就想到了一条捷径：偷。偷别家贮存在茅厕里用粪桶装的猪粪。自然这条路很快走不通了。于是就"远征"小镇，小镇上有不少吃商品粮的人家也养猪。但别村人们也发现了这"新大陆"。镇上的地盘不属他们也不属我们，他们不算老几，我们也算不得，争吵和打架的事时有发生，扰得镇上人睡不好早觉，甚厌烦。

不知不觉间，我们这班捡粪伢慢慢地脱离了捡粪场，捡粪的家伙就由家里的老二老三接管，就像办公室人事调整交割大印似的。大概是到了老四们头上的时候，化肥就多起来了，地里就不臭了，庄稼禾苗越长越苗壮了，大米饭也就越来越不香了，但老四们也就快活了。

一道风景线仿佛倏地一下就消失了，只剩下我在此聒噪一番，以纪念我们那人生的重要一课。

索性还啰唆几句。大概是1975年，村里进驻了机关工作组，那位组长第一天做的第一件事居然就是亲自捡粪，我们这些捡粪伢兼学生伢只在心里暗笑：哪有粪让你捡到？物换星移，那位女同志现应是退休在家的老太婆了。这两年我到县、镇的一些机关里去办事，却碰到另外几个坐办公室的，觉得很面熟，陡然想起是邻村的，原来在我村捡过粪。嗬，一班过去的捡粪伢！相熟后，大家都绝口不提"你在我家门口捡过粪"之类颇为不雅也甚是不宜的话。

一个时代已彻底结束，现在是另一个时代。

茅屋歌

那么多土砖竹桁茅草屋，像雨后春笋般，在比现在的隆冬还要寒冷的1954年的暮秋时节，一排排"长"起来了。

大雪降落在1954年农历的最后一个晚上。从7月18日长江溃堤的大水将一切淹没时起，已近四个月了，虽然一直靠政府救济度日，但除夕的爆竹声息使各家茅屋里洋溢出的喜气并不比往年逊色多少，村人需要用爆竹驱灾冲喜。而就在这个时候，我伯父在门口的雪地里急得直搓手，他终于听到自家茅屋里有了异乎寻常的动静，一阵只有刚落地的婴儿才有的非常生动的哭声突然响了起来。我伯母生下的是一个女伢，她是在这两间将存在三十一年的茅屋里出生的第一个孩子。然而，我的这位堂姐却是一颗流星，她只在这个世界上稍微打量了几眼，也许是不满意住茅屋，便在三个月时复归到另一个世界去了，而我的这位伯母也只能算是前伯母，因为就在这一年的深秋也即茅屋落成一周年时，我伯父与她离了婚。不久伯父也离开茅屋去了外地，将茅屋留给了我当年只有十四岁的父亲。

等到茅屋里再次发出孩子的啼哭声时，已是1962年的深秋。1962年是虎年，我这只幼虎睁开眼才不管什么瓦屋、茅屋的，一切都是天堂。我一岁走路，两岁会学从大堤下驶过的汽车鸣笛声。"笛笛，汽车叫！"我向家门口一边惊喜地奔跑一边兴奋地向母亲喊着。三岁时，我的大妹妹出世了，但她同我的堂姐一样也是一颗流星，于两岁时走了。她的死去，与五岁的我有极大的关系。那天，父母下地去干活，她和我玩累了，就一个人爬到床上去睡，一上午我总是怕她睡不暖，为她添盖了几次被子、大衣。等到下午父母回来时，她已因窒息而死去。在三十多年后的现在，我写茅屋的事时，她是我最沉重的一笔。她无法知道一件事：我在二十多岁找对象时，一度对比我小三岁也就是 1965 年出生的姑娘怀有特别的感情。

时光如白驹过隙，茅屋里的春秋周而复始，我的二弟、三弟及小妹均在 60 年代中后期相继出生。四个孩子的渐渐长大，使茅屋日益显得又老又破又小，成了父母一块沉重的心病，特别是队里住茅屋的人家只剩下三分之一时。父母勤出工，仍是年年超支，将茅屋拆掉盖上瓦屋，一点希望都看不见。我永远不会忘记 1975 年 10 月的那一天：大风中，茅屋的新草、旧草一齐发怒，挣脱经纬状的草绳网，飞到塘坳里，飞到江堤边，接着是一场暴雨，将屋里淋得无一处干净地方。我那在八个月时即由人抱养至十八岁的瘦小的可怜的母亲像一只老母鸡一样环搂着四个小儿女，尽量不使我们吓着。风停雨住时，我们听到母亲的啜泣声。多年后，当我读到贫穷一世苦难一生的大诗人杜甫的《茅屋为秋风所破歌》时，真是别有一番滋味在心头。那次打击对父母刺激很大，母亲更加精打细算，父亲拼命找活干。我清楚地记得父亲有一次卖劳力的情景。那是一个炎热的夏季，我放学回来去为他送饭，刚走至由孔祥熙先生 1935 年题名的"华阳闸"的路面上，就见前面有一部缓慢行进的平板车。那板车插着由四块约有六十厘米高的木挡板做的车厢，而车厢里面的狗头石又码得超出车厢约尺把高。完全看不清拉车的人。板车走得更慢了，因为路面的小凹坑隔几米就是一个，拉车的人极担心车胎忽爆和车盘受不住稍微的倾斜而失去重心。我终于看见了为父亲背车的小妹，她行进的角度偶尔比父亲要偏些。我跑上去，一下子就看见了父亲，只见他满身都是汗水，一副小心翼翼又十分吃力的样子，而尚只有十岁的小妹也显得又紧张又疲累。我的鼻子一阵发酸。到达目的地一过秤，这车狗头石竟重达一吨！这是 1979 年，这一年入秋茅屋的稻草上终于加盖了红瓦，至少可以避免风卷茅草而去了，但茅屋毕竟垂垂老矣，土砖墙体经风雨剥蚀已十分脆弱，仿佛不堪一拳之击。

1985 年秋天（总是秋天），对我家也对全队来讲具有特别意义，我家两间茅屋拆掉变为红砖瓦屋了，也彻底结束了全队住茅屋的历史。1954 年的茅屋终于消失了！

茅屋是我精神家园的发祥地。我怀念茅屋！怀念茅屋的夏夜，我们兄妹四人睡在竹床上，母亲几乎彻夜为我们打扇子减热驱蚊的旧事；也怀念妻和我订婚时表示毫不嫌弃将入住我家茅屋的深情！这一切恍若隔世而又近在眼前。

白雪童心

　　子夜时分，雪落江畔静无声。这漫天的骄客，正以轻柔、洒脱、雅致的舞姿在夜空下为我们编织着童话，以回报我们日间隐隐隆隆的期盼。

　　我相信今晚的雪是从我们童年的客栈出发的。我五岁那年的冬天，雪差不多有尺余厚，屋檐一排排垂着的冰凌又粗又长，多日一成不变地保持着风骨；满世界冰清玉洁恍如天堂，我意念中的雪与肉眼中的雪完全吻合了。一个雪后初霁的日子，我的小舅，一个十四岁的小伙子，神神秘秘地驮着我深一脚浅一脚地来到村子西头的柳林里。他放下我，开始轻手轻脚地绕着几棵树转圈。终于停下来，一只手急急地从口袋里掏出一把生玉米粒，像网一样撒开。少顷，便见几只刚才还在雪枝上伸头缩脑的麻雀落了下来。它们很谨慎，挪动着碎步，扭动着细脖，也许是交换过了意见，便将喙伸向雪上，雪上的那些黄色的玉米粒儿正闪着我无法见到的光，正是因为这光，使它们将成为扑火的飞蛾。但那天我的小舅尽管一再故技重演，但还是运气不太好，一只鸟儿都没有逮到。他还没失去信心，但我已失去了兴趣，便跑到另一边独自仰着头，对着一排排柳树不眨眼地看。我看到夕阳正大把大把地从几块破损的云间斜射下来，林野由远及近闪耀着粉红的光彩，我看到柳树的枝杈之间相互拖曳着一缕缕纯金的由光与水汽交合而成的东西，我至今仍无法形容它像什么。也许是我小小的心田完全被它塞满了，我竟有些透不过气来，大呼着舅舅。当他慌忙跑过来时，我却没有理会他，我正处在物我两忘的境界。感到奇怪的小舅顺着我的眼光搜寻，却一无所获，他不明白我发现了什么，他已是十四岁的小伙子，而我只有五岁，我们已经完全是两样的目光。我怎么讲他也不明白。

然而当我处在我小舅那般年龄的时候，我也不明白我三弟的快乐。那时，因为母亲管得紧，我们只能龟缩在家门口看下雪。那雪正蜂拥而下，当它从空中往下行进时，完全看不到它是白色的，而是黑压压的，且其势可谓汹涌无比，直到落到树木上、房子上、地上它才显出白色且安静下来。这时我的三弟就兴奋不已，但不是手舞足蹈，也不是大呼小叫，而是一声不吭地专注着空中，半天都不见低头，俨然一位沉思的智者。我以为他的发现也不过我五岁时的一个翻版。但是当他问我看没看到天上那一万个风筝时，我莫名其妙地呆住了。看来他的发现比我儿时的发现具体得多形象得多，甚至完全是两码事，我实在不明白正往下落的雪片怎么就是风筝呢。

而且他期盼下雪的劲头也是我所不及的。土地一上冻，就能听到他冷不丁地说那么一句：怎么还不下雪呢？夜里他一会儿上床一会儿下床，弄得我很烦，不知他究竟想干什么。有时也静一会儿，却是坐在床上竖起耳朵，仿佛猎手似的倾听。终于感觉到他又猫似的跳下床，听到大门又是吱呀地一响，忽然传来他的声音："乖乖，下雪啦！"然后激动不已。我觉得这下他该放心和满足了吧，但睡了不到个把小时，他又偷偷摸下去，又是大门一响，这回听到的却是失望的嘀咕声："唉，怎么落歇了呢？"他不再动弹了，黯然的他只有在梦中将那雪继续下着吧。

我们的人生是否是从雪的神话开始的？而乡村是否就是雪的故地？是否就是川端康成的雪国？如果是北方人，对于雪恐怕也不会有我们这样的钟情甚至矫情吧，但我们毕竟生活在大体上的南方，也即所谓的"南方之北"，雪在我们这里待的时间总是过短，而且越来越短，这样一年年的积累，能不在我们的心中凝成一个解不开的结吗？

虽然今晚的雪再无往日的宏大规模，但我的欣喜之情却一如往昔。我拉开窗帘，摆好纸笔——从乡村走出去的远方的亲人和朋友，我们总算又看到雪了，我衷心地祝福你们在雪的清纯中步入新的岁月！

沉迷纸上的硝烟

　　一个青年人，当他念完了初中或高中，好像是冷不丁地被抛到社会上时，往往因为无所适从和来不及调整心态而苦闷和彷徨，这时候文学很容易把他拉到怀里，给予安慰，使他重获生活的信心，重树梦想的理念，有的人甚至立志把文学当成事业而苦苦追求着。于是阅读自然就成了第一功课，但书海是浩瀚的，由于所具备的条件和所处的环境的不同，经过一段时间的摸索后，就形成了萝卜白菜各人所爱的格局，这可以称为阅读的倾斜吧。

　　对于像我这样一个以靠捡碎玻璃和破铜烂铁积攒了一百多本连环画的乡村少年来说，最喜欢阅读的是战争题材的故事。甫进初中，我似乎是在一夜之后就告别了连环画时代，一脚迈进了"炮火连天的岁月"——那些厚厚的战争题材小说，使我非常着迷，以致相当程度地荒废了功课，仅仅语文要好一点。那时候读的大多是不知从哪儿传来的无头无尾的东西，但这不仅丝毫未能减弱我感觉上的精彩，反而更助长了我的兴味。《林海雪原》《红岩》《野火春风斗古城》《铁道游击队》《苦菜花》等作品就是在无头无尾情况下读过的。有一本写大别山农民暴动的小说——李晓明所著的《破晓记》，是我读得最真心最投入的书。尽管我现在把它的人物和情节几乎忘光了，但直到今天我个人仍把它当成我读到的最好的书之一，只可惜这本书一直没有再版过，再难觅到。

　　反证我对战争题材的书发生阅读倾斜的例子有：我曾经特意买了一本叫《船》的琼瑶的言情小说，只读到一小半就扔掉了，此后此类的书我一概缺乏兴趣翻阅。

　　只有战争和对战争的描述才对我的口味，才吻合我那不安分的心。我的大舅舅史炳旺先生，做了三十多年的老街村会计，算是村里有文化的人了。那年过年，他将一本叫《李自成》的书塞给我。我不知道李自成是什么人，不知道这本书"打仗不打仗"，就无所谓地带回家，哪知一读就产生了浓厚的兴趣。我读到的仅仅是这部书的第一卷的第一册，此后未能弄到其他册，直到若干年后重版了第一卷又出版了第二、三卷，我才得以把它继续读下去。我甚至买了对这部小说的评论集，买了新中国成立前一位陕西人写的《李自成演义》，并十分关注报刊上有关作者的报道。我第一次订的刊物是《历史研究》，仅仅是关注对明末农民战争的研究。此后好几年我都处在一种焦渴的状态，就是等待这部书后两卷的出版，但直到2000年也就是作者骑鹤而去之后才如愿，我买了重新整合的三百万字的十卷本，和以前零星所购的一并保存，以表达对作者姚雪垠先生的敬仰和怀念。一部书作者写了几十年，而作为读者也几乎读了几十年，我自认为这是一件非常有意义的事。

　　有意思的是，我在《蓦然发现》一文中，也谈到了姚雪垠和他的《李自成》——"我后来在心里自以为是地把姚雪垠的《李自成》提到了与肖洛霍夫《静静的顿河》一样的高度。曾经有好长一段时间，有人认为《李自成》许多情节、细节的设置和描写很'现代'，有高大全迹象，有'第二次土地革命战争'和'统一战线'的影子。我对这种说法很怀疑也感到很不愉快。姚雪垠先生故去，我纪念他的唯一方式就是全力投入新版全套《李自成》的阅读中，并期望重新获得曾经有过的阅读的快感。但是，我不知道是那些先入为主的'别论'左右了我的阅读，还是我自己由于知识的增多和认识的加深而确实读明白了，或者二者兼而有之，反正这次阅读的过程很枯燥。由此我'发现'：个人的阅读，一经外部声音的侵入，其思想的判断，就会呈现随波逐流的趋势。即如《李自成》这部小说，我在这次阅读中难免采取的是审慎和挑剔的态度，因而也的确发现了它的美中不足之处。但即便如此，通过一番评估后，我坚持认为它仍是一部非常优秀的作品，它的宏大、悲壮、穿透时空的历史场景，它的充溢全书感人至深的民间情怀，它的扎根底层的视角和叙述姿态，是当下许多所谓优秀的作品难以企及的。因而我欣喜地'发现'，我对《李自成》有一种永远割舍不开的亲切感情，对姚雪垠先生更是崇敬不渝。"

　　我就是在这样一种浑浑噩噩的情况下告别校园的，实在没有学到什么有益于今后谋生的东西，仅仅培养了阅读的爱好，确切地说，仅仅养成了阅读"战争"的爱好。在我那充满艰辛劳作的乡村田野中，在我家那两间土砖茅草屋内，我除了下田劳动，就是挑灯阅读，幸逢了两件值得我永远记取的事。我的初中同学也是最好的朋友宋培培，先是考取了安庆一中，两年后又考取了安大数学系，就在他大二的那年，他给我寄来了一本托尔斯泰的《战争与和平》，是他从校图书馆借的，嘱我在读完后七日内寄回，可再寄给我第二册。就这样我读完了四本《战争与和平》（董秋斯译本，次年我买了高植译本，由宋培培在合肥代购并带回），这是我第一次读世界名著，并且是战争题材，那段阅读的日子，是我生活中最灿烂的日子，俄罗斯无比辽阔的土地，和它上面一望无际的雪野，雪野上的骏马、雪橇和坐在它上面的剽悍的战士，从那时起就深深地印在了我的头脑中。

　　第二件事发生在1979年。那年的6月25日，我在望江新华书店偶然买到了一本1955年人民出版社第九版、1962年北京印刷的繁体竖排书——范文澜的《中国近代史》上册。这本书为我打开了一个有别于小说的肃穆的天地。"手持三尺定山河，四海为家共饮和。擒尽妖邪归地网，收残奸宄落天罗。东南西北效皇极，日月星辰奏凯歌。虎啸龙吟光世界，太平一统乐如何！"当我读到太平天国的篇章，真是痛快极了。是不是像洪秀全、冯云山这些考不上秀才的英雄对应了我的考场失意呢？是不是我的家乡在安庆，而安徽特别是安庆地区是太平天国的主战场之一便触动了我的怀旧之心呢？我想大概是。范著《中国近代史》对有些史实与别的出版物上的讲法大相径庭，如关于洪秀全之死，我读到的课本和许多普及史书上说是南京被湘军攻陷前夕病死的，而范著则明确写道："南京无法支持了。1864年6月1日，洪秀全服毒殉国。7月19日，南京陷落。"

当然，我的阅读并不限于历史题材的战争小说和叙述历史战争的史著，接触更多的还是现当代的东西。这几年我阅读的革命战争题材的小说和纪实文学作品有：黎汝清的《湘江之战》《皖南事变》，叶雨蒙的"出兵朝鲜"纪实系列《黑雪》《汉江血》《黑雨》，以及张智强、陈勇的《陈粟铁军横扫千里》，等等，还有"二战"题材的小说如美国赫尔曼·沃克著的《战争风云》《战争与回忆》。最让我百读不厌的则是美国记者、"二战"史专家威廉·夏伊勒的《第三帝国的兴亡》，这部史著太精彩了，我认为，它的叙述风格与司马迁的《史记》有异曲同工之妙。

"大炮一响，黄金万两"，这是过去土匪、战争贩子和帝国主义分子对战争的共识。俱往矣，留给我们的是描写、总结、评说战争的浩如烟海的书籍。战争连贯了历史的每一经脉，我们倾心于阅读战争题材的作品便是很自然的了。我相信我这种阅读上的倾斜一定会倾斜到我告别这个世界的那一天才会止，而且我相信像我这样的读者不会是少数。我们反对战争，但战争曾经千万次发生过，今天仍在零星地发生，将来还会发生。作为芸芸众生，我们对战争，在排斥和具有一种道义感的同时，又拥有一种莫名的兴趣，这难道不是事实吗？

然而，正如《第三帝国的兴亡》的作者威廉·夏伊勒在书尾所写："在我们不断有新的可怕的杀人玩意儿补充原有的杀人玩意儿的新时代中，大规模的侵略战争如果竟然爆发的话，那么第一场这样的战争一定是一个自取灭亡的疯子按一下电钮所发动的。这样一场战争不会历时很久，也不会再有后继的战争。这种战争的结果不会有征服者也不会有征服，而只有烧成焦炭的尸骨堆在一个渺无人迹的星球上。"

我当然不希望有这样的战争发生，因为这样的战争发生后，是绝对不会有一个作者和一个读者存活下来的。

癸未年春节与小弟书

旧岁已逝，新年正旺，普天同祝，家家共庆。而你仍在异乡。故土上的兄长，通过笔墨和纸笺给你拜年！

有钱无钱，回家过年，此乃老话，然已扎根钱塘之地的你今年却不能如愿。母亲思你甚重，每日念叨不已，仿佛你会于某个次日忽然挈妇将雏推门而入。去年正月，母亲对我说："嫁出去的女儿，泼出去的水，每年的此日都要回娘家省亲一次，而在外的你弟连女儿都不如了！"母亲的话有怨，更有一种出于母子之情的理解和无奈。

现在，家乡对你来说已是故乡。估计过几年，你儿陈逾会向你提问："爸爸，望江是个什么地方？它和我有什么关系？我的表格上为什么要填它呢？"这时你可能会对他说："那是爸爸永远的根，越老越深；那是爸爸永远的梦，越久越香，尽管会变得缥缈，但不会消失……"

有一个去世不久的长辈说得好："一个通过读书而走到外面去谋生的人，他永远离开胞衣之地的时间，不是考上大学之日，而应该从念高中甚至初中时算起！"想想真是这么回事，譬如你，初中是走读生，每天都要回家，但高中三年却是在县城里念的，很少回家，然后是出省念四年大学，接着就是到了另一个城市工作，没有间歇，马不停蹄，并且完全从法律（户籍）上确立了你与桑梓之地的脱离。当你娶妻生子，建立了你自己的家后，原来的家就成了"老家"或"父母的家"。你的思念成了乡愁，你偶尔的回来也是来也匆匆去也匆匆，只留下意犹未尽的父母老泪纵横。

你是父母放飞的风筝，虽然还连着一丝细线，但永远收不回了。你是父母的骄傲，远离你的父母尽管饱尝思你之苦，但心中永远是充实的。

作为兄长，我曾是你强大的依靠，你则是我的一个影子。我们生在贫寒之家，孩童时，你在外面受到委屈，我闻知总会怒不可遏地去找欺负你的人算账，与人打架，因此带给父母的麻烦不少。我读初中时，你喜欢跟着我跑，许多时候我很烦。只是有一次你使我的虚荣心得到了满足，那是上晚自习的时候，家在上海的夏老师走进了教室，并且牵着一个小孩，说这小孩是谁带来的，蛮可爱的嘛。我一看是你，心里便骂你。你就靠在教室的后排等我下课。夏老师在这晚总共摸了你三次头，夸了你五次"蛮可爱"。回家的路上我也觉得你是蛮可爱的。

兄弟是天生的手足。我们天各一方后，心却是紧紧连在一起的，使我觉得确实有心灵感应这种东西。我烦恼你就焦心，我不顺你也就添了心思，我有了成绩你就高兴。我这几年在工作上是非常不称心，受憋屈，尽管兢兢业业，如履薄冰，然仍动辄见尤，一直受挤迫，生存的困境是越来越重，就想着一走了之，到你那个城市去换一份工作做做。你认为我一无文凭，二无良好的体力，又届中年，尽管能写一点东西，到外面找一份合适的工作实在不易，还不如一方面稳住心态，坚守岗位，迎难而上，一方面利用业余时间刻苦攻读，勤奋创作，或许还能柳暗花明，别开洞天。每回你打电话来总是劝我，使我渐渐收回了企图放飞的心。每每我有文章发在有影响力的刊物上，你都说我不简单。

兄弟是天生的缘分。我现在在想，在这个绿色的星球上，凭着什么我们的身体发肤如出一辙，体内都流动着相同的血脉，连咳嗽的声音都一样地酷似我们的父亲？那就是缘分。缘分这个东西既是形而下的又是形而上的。缘分这个东西最宝贵的是一世而斩——它只真正存在于两个直接的当事人之间，他们在世间消失后，它也随之而逝。譬如你和我这对兄弟，我们都不在世之日，我们的后代之间只能退为亲戚了，而亲戚是我们兄弟缘分随着我们的离世蜕出的一个空壳，到了我们下一代的下一代，这个空壳势必变薄，到最后仅存下一个相同的姓氏，没于茫茫的人海之中。但我不悲观，因为我们已经和正在并将继续演绎我们这一世的兄弟缘分，这就足够了！

兄长我是个多愁善感的人，是个脾气暴躁的人，是个心地善良却总是找不到方向的人，是个疾恶如仇骨子里却软弱的人，这是没有办法改变的，所幸这些"基因"靠着你的努力在你身上都调理得较好，我由衷地感到欣慰，并相信你会在人生搏击场上获得更大的收获。

去年除夕夜，我接你的电话，却只听到三岁的小侄儿陈逾稚嫩的童音："大伯伯，我背一首诗给您听：'锄禾日当午，汗滴禾下土。谁知盘中餐，粒粒皆辛苦！'"我知道这是你对故土对父母对兄嫂无限亲情的一种最深切的表达方式。

新年在即，母盼儿归，兄长我在盼弟归……

与宋培培书

培兄：

得信在今日上午九时许，算来较迟。怕兄过于着急（这滋味之于我是屡尝不鲜），故一下班回到家，于细嚼君信后，便操起笔来。时夕阳将落，薄暮清冷，而独室亦甚幽静。心往北方，念君此时不知正在忙些什么。

上次的"议论"，都是我的愤激与无奈之辞。我貌似沉静，而心内实如滚锅。上次所言，乃是我的郁积，偶一迸发；常感愚拙无道理，写与兄看，也不过如对着亲人般发发牢骚罢了，然而不曾想仍得到君谅解。我幼稚可笑，想在文学的爱好上精进一步，继而自己拿起笔来尝试着写作，这在我遇到的同辈中尚是不多的，而兄则十分鼓励并相帮，此实为我之殊遇。故颇感快慰，烧血煮心，意气风发，以示知兄待我特深，而我亦决不负兄期望之意。

我不能不为兄的中肯之言发一点由衷之感慨。在无数的所谓的文学爱好者中，我从夜郎自大、多愁善感、麻木不仁、少见多怪的禁闭自守的小天地里，似乎突然被棒喝了一声，随后被渐渐提拉进了另一个世界，这世界使我不禁暗暗吃惊：世界并非尽如我之想象啊！我惭愧于我的过去，幻想于我的未来，但我却仍然陷在路边的泥水沟里而不能自拔。正当此时，那个曾不断提携过我的人，又突然跑过来引导我，使我开始调整并坚定了步伐。那个人便是颇有文学修养的身为数学系大学生的兄。但我虽然十分渴望兄来教我，却又时时萌发些违背事理的想法。比如，我对搞文学的悲观，对社会不公的满腔怒火，对炙手可热的欺民者的仇视，对贫病交加者的恻隐之痛，对人类世界的爱、恨与迷惘，等等，凡此种种，都曾绞得我或唱或笑或怒或悲，皆为痛于心而形于外之举。我不知道我思想的机器怎么会这样乱开一气，我很怕倘若这样开下去而又无法加油的话，那我这台无油的机器就会爆炸，以致粉身碎骨，无所存留。还是兄来救了我，为我加了油，让我这台机器于愤激之中恢复了正常并隆隆行驶。是的，加油、加油、加油！——读、读、读，写、写、写！——非如此则无从进步！

我深知我之见识很浅，可对于一般常识性的问题，还是敢存放一点小小的见解的。你能同意其实并不属于我的见解的"文艺是宣传"，我十分高兴，而即便你认为我存有此种思想不妥，我也会认为十分中听。我需要的是不断地吸收，所以不妨广收博采，而后才好吐出属于自己的气味来，才好吐故纳新，心明眼亮，更上一层楼。

撇开这个问题。我想谈谈文学究竟是为谁服务的问题。为个体，为人类，这自然是不消说的，老生常谈而已。但凡写文章，总是先为了发泄自己复杂的内心沉积，或者求得某种能倚之生存的精神世界，或者凭此赚些钱来维持生活，而后呢，文章发表了，也许能与读者的心思相吻合，也许能迎合某阶层人的需要，也许能帮助人受启发从困苦中抽身，这样，便是文学的作用了，而受益者无疑就成了文学关怀的对象。然而，这个对象却是游移不定的，我们不能武断地说文学就是为了某个人某个阶层而存在而行之有效。

但是文学的一种特殊功能还是有的，甚至是有目共睹、有耳皆闻的，便是文学有时甚至常常是为政治服务的。然而，我敢说这种属性或曰初衷是不自觉的、无意识的。试想，斯托夫人难道在其创作之先便知道她的《汤姆叔叔的小屋》就会成为美国南北战争的导火线吗？难道李存葆的《高山下的花环》在写成之前作者即知它会产生巨大影响吗？不可能！由此我得出一个结论：文学是社会活动的影像，映射于作者头脑中，而后由作者在创作中不自觉地形之于外的精神产物，这个产物许多时候是徒劳无功的，但时来运转或曰时代和社会与该产物相契合时，该产物即为有效的成功的作品。

前面我其实已说过，我对文学属性的那些所谓的见解，与我所付诸的文学创作的思想及努力是不对称的，甚至说是不妥的。但我已抱定了碰碰它的决心，正如某个美人尽管对我冷若冰霜，但我依然要跃跃欲试，直到碰一碰她以后，我才能判定她适不适合我，能不能属于我。

我还想说，凡是文学作品，只要它能给我以美的享受、爱与恨的力量、生存的勇气和生活的理想，我便尊它为上品。因此我不管它的出身，不管作者是谁，属于哪个阶级哪个阶层哪个群体。我想，我这种思想形态，大概能同兄的"为个性、为人类"的思想相吻合吧。亦与兄的"故事情节、人物性格"的要求相差不多吧。不管《红楼梦》在当时是多么默默无闻，但玉之所以为玉，源于它具备必定会飞升于大地之上的内质。真正真善美的东西必不为后世所弃，一定会成为千万人活于世上所必备的精神养料！

我是不是写得过多了？我的幼稚的腔调该打住了。幸读者是兄也仅为兄，断不会哂于我的。

谈谈别事。前几天，厂里发了一场不算大的火，但我受惊不小，水火毕竟无情，且厂里尽是棉花和棉纱，搞不好就火烧连营。幸最终被合力扑灭，无大的损失。我想告知兄的是，就因这次火情，我荣升为厂里的专职消防员，告别了油乎乎的工作服和杂七杂八的各种修机工具。此后我可能会多点读书时间。最近三个月，我共得工资一百八十元，本想寄些于兄，帮我在合肥再购批好书，但我太不会存钱，都花掉了，一部分也是就近花到望江新华书店购了些我不甚满意的书。一叹！

我等着兄放寒假回来，然后我们不但可以在那段日子面对面地畅所欲言，而且兄带回来的好书也必会令我大饱眼福。我相信兄定会在校图书馆为我搞不少书带回来。

兄问许光庆还书之事，我碰见过你小妹晶晶，她告诉我许所借之书已于兄返肥的次日即来还了。上几次信中我忘记告知你，惭愧！

年内我不想做读书笔记，明年当遵嘱试试。

所言逾两千，仍未及意，盼与兄面切！

陈少林

1984 年 12 月 5 日，于华阳

等待的圆满

那天早晨，六点的时候，像是一个灵感的喷出，你突然做出一个决定，立即回家乡一趟。于是简单而仓促地收拾一下后，便锁上租房的门，往汽车站狂奔，正好赶上了八点钟出发的班车。

千余里路程，朝发夕至。瘦仄的土路贮满了橘黄的夕阳，在光与色的渲染下，你摇摆的身躯如一幅古朴的剪影，扩散、蔓延在家乡的田野中。

你是一个不修边幅、形容憔悴、目光迷离，有时又衣冠楚楚、目光如炬、激情澎湃的农民工。在大都市的几乎每一个日子里，你都是规规矩矩地按部就班，很难说出所得有几多，所失有几何。说得清的恐怕只有一样东西——在梦中沸腾不已，经常把你的记忆烫伤的故乡的名字。但是现在，当你走完一段熟悉而陌生的村路，却迟迟没有转向那久违的家门。你有些茫然，是什么促使你立在村外这片小树林的边缘，凝望着不远处鸡鸣牛哞不已的村庄，久久不动，如定格一般？小树林的背景仿佛一幅波动的布景，跟你的心情好像很关联。一片，又一片柳树的椭圆形叶子分明还是青青的，却不知何故急切地默然飘零到你的脚边，像一些又伤感又快慰的童年往事。

你要等待的其实很单纯——你要在、只在这林子边等待她的出现。你只想首先看到她的出现——她的身影、她的鲜活、她的存在，然后才奔向自己的家门，让扬长而去后五年都不曾回家一次的自己，以一个不期而至的回归，让老父老母以及全家大吃一惊，大喜过望。

你站在林子边，因为有些久了，便似一棵渐趋稳固的柳树。你感觉到一阵阵晚风吹过来好似要把你和别的树的腰一齐吹弯，但你没有弯下去，你不能弯下去，因为你知道你不是树，树弯下去会马上弹起，你弯下去就会失去一切，也就意味着将会看不见她的出现！你太累了——或者是旅途奔波的累，或者是谋生劳顿的累，或者是形体运动的累，或者是内心郁积的累……累了，必须坚定不移地立着，如果坐倒就不想爬起来了。就是这样！

你的眼睛深邃且迷离，然而终究聚成了一股亢奋的泉流。你看见它流啊流啊，从红尘十丈的闹市的喧嚣里一直流向了这枝繁叶茂的林边地带，从遍体珠光宝气趾高气扬居高临下的陶醉里一直流向了这内心深处丰满而祥和的宁静中。

你坚定地等待她的出现，因为立得久了仿佛成了一棵树。风吹过来你毕竟没有如树般无奈地迎合，将腰低低弯下去或者垂下手臂如俯首帖耳状。她，没有理由不在下一刻出现；你，没有理由不在这一刻等待。这是命中注定的！在这故乡的林子边，在这故乡的气息里，在这故乡的声音里，在这故乡的神圣而永远不散的氛围里，她，终究会、一定会出现的！此刻，你的存在就是为了等待，除了等待仍是等待。等待就是宿命，经过异乡的一千多个日子的反复打磨，你对此早就习以为常了。

一星又一星的灯光，在村子那边次第闪烁起来。你分辨出了哪一星是你家的，你仿佛看见父亲母亲哥嫂弟妹以及小侄儿侄女们一齐围着堂前的八仙桌热气腾腾和和气气地吃饭。狗的吠声如铜锣昭示了白昼纷扰的结束与夜晚静谧的开端。你终于看见，一扇门悄没声息地打开了，从灯光里走出一个婀娜的身影，划开暗黑的柔波，如一枚久违的通红的印章，向你这边，向你的心上轻轻地磕来。你看见她的村姑的素朴的本色仿佛千百年来一直一尘未染；那红黄交杂的印花衣裳，那两条悠长潇洒的油黑的辫子，使前行中的她似一苇即将悠然泊港的帆船，还有她那清澈明丽的眸子，似两团不息的火焰。

你的心，因为突然达到饱和而显得虚无，空空荡荡。

迎上去！但你离开林边又即刻奔回原处，仿佛这儿是你抑或你们的久远的阵地。你没有想到这是为什么，冥冥中有什么早已将你牢牢把握。你就在林边只在林边张开双臂，用这欲飞的姿态，用这深深感动你自己的姿态，拥抱你等待的结晶。终于等来了啊！这结晶几乎是包容了你此生此世的一切，这结晶似乎是体现了那一种永远也不可消失的幸福！

然而那个身影消失了！那是一个长长又短短、美丽又忧伤的错觉。她，并不曾出现！村子里每一户都是门扉紧闭，黯然无光，包括你的家包括她的家，全无一星灯火，你面对的仿佛是一座来自远古的空村。难道要拒你于千里之外吗？你忽然觉得自己行为的可笑。然而，你马上又觉得自己十分庄严，你的泪水不知不觉地在眼眶里打转。你怀念、钟情和享受于这等待的过程幻化出的无限的安逸和美丽，这让你愈加深信，你的等待已十分圆满——她，没有理由不出现，哪怕所有的村庄都空了，也一定有个她在！

深藏在内心的那份永远不变的乡村情怀告诉你，村庄永远都不是空的，村庄就是你的一切。

林语喁喁，星光冷清，村子那边一片寂暗。你仿佛听到双足深入泥土的质感的声音。

铭记的幸福

2014 年 8 月 24 日下午，杭州半山。一个电话从安徽打到我手机上，我立即接听。是女婿的声音，透着特别的兴奋劲儿："爸，生了，是一个可爱的女孩！"我大约有五秒的工夫未及反应过来，然后则是一连串的询问。女婿告诉我，孩子生在岳西，自然分娩，母女平安。

放下手机，脑子有点空白。然后则几乎是手舞足蹈——我们的第三代出生了，我当外祖父了，我当家（念"ga"）公了！简直比二十多年前，妻子产女、产子，我自己新做父亲的时候还激动。

女婿女儿的家安在安庆市区，女婿是一家公司的销售人员，女儿是一所中学的高中英语老师。一年多时间，他们买房，买车，结婚，怀孕，生育，快得让我们当长辈的简直目不暇接，当然我们是高兴的。

岳西的河图镇是女婿的老家。女儿向学校请了产假后，在望江华阳娘家、岳西河图婆家、安庆市区自己的家，轮流居住。因我和妻子都在杭州务工，女儿到娘家居住时即由我细心的母亲——她奶奶照料。三地还是在婆家待的时间多，亲家一家人照料得很好。这次女儿在婆家待了将近有二十天，计划第二天回安庆，然后到望江待几天，再回到安庆市待产，女婿好多天前就跟医院联系好了。未曾料凌晨时分女儿就显示出要分娩的迹象，女婿还有亲家公亲家母三个人急忙把女儿弄上车，女婿开着车往医院疾驰。因亲家母认为河图隔壁乡镇的白帽医院妇产科比较强，所以孩子产在白帽医院。无论如何，一切顺利，自从女儿怀孕时起，我们就一直期待又悬着的心总算落到实处了。女儿做事，一贯干脆利落，居然生孩子也不例外，与她妈妈当年很类似，这是让我们最为欣慰的。

外孙女，一个可爱的小女孩，急于看这个缤纷的世界而从娘胎里早跑出来二十来天，简直是给我们的一个惊喜。她虽然略早产，但从视频上看，生动活泼，哭声响亮，气场不凡。她的降生人世，也是我这个外公近年来收获的一个最大的成果。我精神振奋，连多年来在职场上打拼残余下的心理阴霾，瞬间也一扫而空。

女婿又打来电话，请我给孩子取名，我自然要推辞一番。孩子的爷爷是资深教师，知识分子，取名权非他莫属，我岂好越俎代庖，掠人之美？最后，承蒙亲家的谦让、女婿的坚持，我只好答应。便一口气拟了八九个名字，用短信发过去供他们参考。女婿回复："就叫余心恬吧，爸，您取的这个名字最好！"

我妻子、孩子的外祖母——家（念"ga"）婆，自外孙女降生的那一刻起，就在做着回安徽的准备，我也不时催促着，但因单位里的事需要处理，一周后才得以成行。我因无人代岗，实在走不开，只好在杭州守着电话。

据消息反馈，小姑娘长到一个月零几天的时候，胃口越来越好，除了母乳还要辅以奶粉，一个月体重净增了将近三斤。从视频上看，她醒时则美目流盼，倦时则哈欠连天，眠时则沉稳安恬，真是可爱极了。

孩子生在老家，我认为比生在城市里更有意义，尤其生在岳西那个地方更是好上加好。岳西山水瑰丽，空气清新，钟灵毓秀。春天时，我们曾去岳西河图一游，久久盘桓于明堂山，为那里的山川形胜所倾倒。回来后，我欣然写诗一首，中有一联云："河图龙马出，惊艳不须嗟！"莫非我有所预感有所期待吗？

因工作原因，妻子只与外孙女待了个把月，就从安徽返回杭州。她的手机上存下了外孙女大量的照片，我如获至宝，如饥似渴地翻看着，并转存到我的手机和电脑上。一遍遍地看，大饱眼福，却仍然不过瘾，但又能怎样？我要到春节时才能回家乡，才能看到可爱的外孙女。到时我要好好地抱抱她。抱孩子我是有一套的，不谦虚地说，在我女儿、儿子婴幼儿时期，我就是他们的"主抱手"。离春节尚有五个月，我急啊盼啊，无奈中，就叫女婿多发点视频过来。我突然觉得，应该给这个小宝贝写点什么，就写首诗吧，憋了半天，却一个字都没憋出来，看来关键时刻我这个家公的才气就短路了啊。

便翻出二十三年前，即她的母亲出生后我写的一首题为《生日》的诗（后来发表在《诗神》1994年第7期），朗读了几遍——

　　许多日子鸟般翔过/一个日子落地生根//青天/高高朗照厚土/天籁地籁，裹着/稚嫩而辽远的鸣唱//遍地野花/一棵小菊/在原野和民间/在乡谣滋润的天空下/弥散着生命底里的馨香//唯有这个旧日子/蕴着我的忧伤与奋发/像一段过去而不逝的流水/弹奏起我的记忆/在生活里如数家珍

这几年回乡过年，只要一见到外孙女，我都是抱着不愿放手的，一副霸占的憨态。今天，外孙女已经四岁零三个月了。已上幼儿园的她，昨天与我视频了一次，给我跳了一个舞，唱了一首歌，还展示了一幅她画的画。我满满的幸福感又一次达到了高潮。

161

饥饿与行走

这个老头劈头就是一句："五十年代那个后三年，人饥饿到一定程度会怎么做？"我脱口而出："应该会偷甚至抢东西吃！"

"到哪里去偷去抢？家家都没有吃的了！"老头一脸的嘲弄意味。又加一句："一听就晓得你没有真正地尝过饿的滋味！"我连忙递上一支"皖烟"，不料被他拒绝。

他兀自从腰带处摘下一根黄烟杆，捻上一撮烟丝，点上火，深吸了一口，然后说："告诉你吧，我那时对付饥饿的办法就是睡觉，走路；睡觉能节省体力，走路是为了做最后一搏！"

于是这个个头不足一米五五、瘦小但声若洪钟、大字不识一个的倔老头，给我讲述了他一九五九年那段有些奇特的行走经历——

桐城卅铺你去过吧？我已多年没有回去过了，听说那地方现在很富，但很富的卅铺与我无关，属于我的卅铺一直是个穷，穷到骨头里出不来了。三年困难时期，我告诉你那日子不叫日子，叫"饿"。村里开始饿死人了，我父亲就是一个。说来我父亲原本是一个勤劳的人，但却有一个死赌活赌的恶嗜。他的死比我母亲的死只迟一百二十天。我母亲的死主要是被他气的，而在更早的时候他还气跑了我奶奶，我奶奶她老人家一气之下跑到桐城籍国民党中央委员光龙文家当了保姆，去了天津。（作者按：查桐城光氏民国时期确有显宦者，但实无叫光龙文之人任中委，显系汪老头搞错了名字。）父母亲一死，我就成了孤儿。唯一的办法就是离家，到九江庐山去，我有个姐姐嫁在那儿，那里是我全部的希望，全部的"吃"了。

1959年我大约十八岁，我的出生年月父母一直没有告诉过我，我也从来没有过过生日，岁数嘛就自己估一下了。这年正月十五，我口袋里装着仅有的两块钱上了路，到安庆去坐船。我勤于问路，知道沿大路一直向东，走到楼房很多的地方就是安庆城。路上有个货车司机见我老实可怜，把我拉上了车，还给了我半盒冷饭吃。我一下子感到身上的力气长了不少。傍晚到了安庆码头，却因无工作证什么的，买不到票，只好在候船室挨了一夜。

无法坐船，那我就走到九江去！早晨六点，我就冒雨出发了，向西缘江步行。次日中午到了望江雷港，在供销社为解头昏称四两盐掺水喝了，又买了四两酒就着柜台三五口喝尽，头次饮酒竟因肚饿不醉。口袋里只剩八毛钱了，以至又行了二十多里到了华阳河街，虽饿得走不动路，但也舍不得再花一分钱。可实在经不住街头出售藕梢的诱惑，便捏出一毛钱在手。因食品奇缺，那店的规矩是非集齐八人才出售一次，以防有人买两次。边走边吃藕梢，第一次尝到藕梢是好吃的东西。这一夜是在华阳镇西边的磨盘洲一草堆过的。在寒风敲树、冷雨打草的荒凉声音中，我算算已走过的路程，想那九江仍甚遥远，不禁辛酸落泪。此后腿脚乏力，越走越慢，日行不过三十里。前心贴着后背，老想着吃，一下想到苹果，一下又想到梨子，味道确实很好，可这些东西我并没有吃过。

记不清走了几天，混上了一条木船，终于过江到了江西境，是彭泽县最西边的一个地方吧，我已身无分文了。傍黑，淋着比前些日子下得更滥的雨。我湿着衣，乱着发，饥寒交迫，脸色煞白，靠到一户人家的大门边。吱的一声门开了，一个三十多岁的女人走了出来，我糊里糊涂地喊了声"大娘"。"大娘"把我让进屋。我吃了她泡的一碗饭、一块绿豆咸饼，便急于赶路。出了村子，却不知该朝哪个方向走，便跑到路边牛栏里，听牛吃草。"哪个在里头？"是桐城乡音，我一听感到特别的亲切。只见一高大汉子提着马灯走了进来。我掏出身上仅带的一个证件：民兵证。他看清了上面有彭德怀的印，便说："我是民兵连长，你跟我来！"这大汉说，他家是几十年前从桐城移民过来的。他将我引到他家，让他老婆用吊罐煮了一升米的饭，佐以辣椒糊一碟，撑得我实在吃不下去了，但他还一个劲地劝我多吃，劝得我热泪直流。在连长家，我出门以来第一次洗了脸，泡了脚，烘干了一直湿着的衣服，睡了床，盖了被。江西人，也是老家人，厚道啊！现在我一想起那晚上的事情就感到有股热流涌遍全身。

又不知行了多少天，问了多少回路，终于在一个晴天到了日思夜想的九江。七跑八跑问不清上庐山的路，折腾到半夜，被一伙臂戴袖标的人带到一间大房子里，这里挤满了和我一样蓬头垢面、衣衫不整的人，皖、鄂、川、苏各省的都有，大概有上百人。一个显然是头头的人气势汹汹地喊道："天亮后，你们这些流民将由各省的工作组领回原地，都给我老实点！"我昏昏沉沉地挤在地上睡到天亮，一睁眼，发现满屋人都不见了。原来没有警戒，一条巷子两头通，大家跑了。于是我也跑。笃定一个方向死命地跑啊！一口气跑了四十里，竟瞎猫碰到死老鼠跑对了上庐山的方向，一下子就找到了我姐夫姐姐所在的海峰建筑工地。曲曲折折回环往复对对错错累计不下八百里路的行走啊，就在我姐姐一阵伤心的哭声和我的狼吞虎咽吃饭声中结束了。

　　活着，原来就是为了个吃哟。没有吃，靠睡觉糊弄两天可以，但再睡下去就会糊涂地死去，不想死的话，就只有走出去了。我今年七十岁了，虽没吃过什么山珍海味，但吃过的粗粮杂粮堆起来恐怕也是一座山，我靠这座山活到了今天，不，是靠1959年行走途中那些好人给的泡饭、绿豆饼、吊罐煮的饭活到了今天！

　　老头的叙述戛然而止。我连忙递上一支皖烟并给他点上火，这回他没有拒绝，很享受地深吸了一口。唉，想不到这个小个子的、满脸褶子的、没有半点文化的老农汪良才，还有这段令我唏嘘不已的经历！

遁入秋天的田园

秋天将到未到之际，夏日的骄阳做最后的疯狂扫荡，把道路烤炙得坚硬而又虚浮。疲沓的行人匆忙地走着，好像身后黏着一条丝丝吐气、回头却又无影踪的狂犬。"清风无力屠得热，落日着翅飞上山"，难怪宋朝的王令先生如是感叹。

这时候，相信千里之外的你也会和我一样，就是想着找一块地方停下来。我们这些脱离农事、在本乡本土的企业或机关里打工的农民，身份暧昧地行走在乡村之内又行走在乡村之外，面对阳光、土地，面对自己和父老乡亲的生存境遇，总是有着太多滚烫而又茫然的感念。只是，溽暑之中，哪里去找这样一块让我们停下来的地方呢？

秋天高远、大地辽阔的时候，我在自家屋后，终于发现了一块长满米把长杂草的土地。忽然明白，炎夏中苦熬的我要找的原来就是这样一个地方，一块很小的园子，一块近在咫尺、迟至入秋我才发现的仿佛隐身而出的飞地！

在秋天，我们将获得什么？幸福、伤感、感激、愤愤不平抑或继续麻木？我们这样一些不知算是处在大野、中野还是小野中的最实际最质朴的生存者，在期冀、失落、牢骚、小有所得即满足之类的自我营造的情绪纠缠中，活得充实而又空虚；空虚是沉笃的，而充实是飘浮和可疑的。我们始终处在被动的应付状态，难道这是一种宿命的无奈？难道我们无以摆脱无所遁处？

这块园子约有三分面积的样子，在夏季它被污水淹没过几次，除了地势较高的地方被妻子整成两小块菜地，上面现在还蔫蔫地歪着几路辣椒外，大部分地块耸着的就是杂草了。这些杂草水里火里都来得，好像没有受过任何影响似的。十只半大的乳狗，五十只鸡鸭钻进这块地里，如果它们不乐意出来的话，你是没有办法的。

这简直可以视为一种奇迹，这些野草，尽管我们永远也不会给它们施一点肥，永远将它们立为杀戮的目标，但它们能消灭得掉吗？而相比之下，另一类草，即我们正食用和观赏的那些米面菜蔬花卉之类，生命力却差得多！造物主如斯平衡着大地上的事物，闪耀着终极关怀的光芒。看来，我们赖以生存的这个世界面对的是一个悖论性的问题，一个存在与虚无的问题，一个两难也即不可留其一去其一的问题，而我将适量保留我园中的草吗？

三分地，对我来说其实是很不小的了。亲近土地和植物的愿望，在我心里日益清晰和强烈地呈现着，这可能与年龄也有些关系。我走过了激情、冒失、冲动、夸张的青春时代，经过了结婚、生子、择业的初期震荡，一定程度经受了艰难困顿和成功的悲与喜，现在正迫近中年，我好像明白了些什么，我由衷需要一种能最直接安抚心灵的亲近，而泥土以及泥土之上有着根须有着叶片的生命对应了我的需要。生命的追求总是向上，归宿却总在泥土之中；泥土创造了你，当然就要收容你。

我仔细算了一下，刬除掉这块园子上的杂草并垦出菜地，需要四个整工作日，我在单位里从事的是一份没有假日的工作，所以这种活只能在傍晚回来干。我备齐了农具：锄头、铁锹、镰刀以及钉耙、竹耙、畚箕等，并将它们一齐搬到地头。这样的煞有介事，让干惯了农活的妻子有些吃惊，而对我谢绝任何人的参与或说帮忙她更吃惊。我光着膀子干，汗水像大雨过后田间众多沟渠的流水一样哗哗流淌。我用了两个傍晚铲除清理掉园中的杂草（特意保留了地四周的），又用了三个傍晚在地势较高处整理出三块菜田，并浇上粪水，然后在其中的一块里播进了白菜籽。

经过了七天的等待又七天的守望，菜秧就被拔了出来，栽到那两块整好了的空地上。

满心指望白菜蓬勃生长，不料它们走向了枯黄，问题出在菜秧一次也没有打过药，每一棵都生了虫。妻子提醒了我几次，但是我反对打药。接下来的一段时间每个傍晚都看到我俯在白菜地里捉虫的身影，二百五十七棵白菜，我都摸索、翻遍了，手中尽是被捏破的青虫和麻栗色的虫留下的水渍，这水渍说不清是什么颜色，但绝不是红色，由此我发现了原来有一种专食蔬菜的无脊椎、无骨骼、质柔软的蠕形动物没有血液，它们的身体里只有水。我捉了虫子，以为它们都被捉尽了，哪知白菜越发地萎了。眼看再不打药白菜就没救了，便只好任由妻子背着打药机对那些病菜施了一遍药，不几日就全都缓过气来了，又过了几日，虽然叶子还尽是虫眼，但总算是长得又青又翠了。我还是有些不放心，施药过迟，是否有些狡猾的家伙躲起来了呢？便将每棵白菜又细细地翻查了一遍，果然逮到了几十条肥硕的麻栗色虫，这些家伙都躲在菜心里，成为"卧心虫"，而且个个还在菜心里留下了状如老鼠屎、体积居然比老鼠屎还大的粪便。我在每捉到一条虫子时都不禁畅叫一声："硕鼠硕鼠，无食我黍，誓将去汝！"

此后，每天中午短暂的休息时间我都要从单位里跑回来，在菜地里转上几转，摸摸这，扶扶那，找找有无漏网的融入菜色的青虫，拔拔不知何时偷长出来的细草，然后拍拍沾在手掌上的泥。到了傍晚便挑起粪桶，去为白菜浇上粪水。这样的日子终于到来了，我从地里砍下了第一和第二棵大白菜。吃着碗里的，看着地里的，心里头有一种难以言喻的感受。

侍弄白菜的间隙，我还没忘记照看从夏天过渡过来的由妻子所种的两块地的辣椒。"水白菜，旱辣椒"，今夏雨水过多，辣椒枝瘦叶少，出了很多烂果，入秋后更显破败不堪，我要做的无非就是抓来几把湿土固固棵，多保住几棵不枯死。

深入浑然之境的秋，妙不可言。有了小小收获的我就更想起了千里之外的你。你和我：有着类似的成长经历，现在都是上班一族中的农民，有一种无所适从的精神状态，而物质上的那点收获是常羞于提起的，不提也罢。我知道在我侍弄白菜的这段时间，你也在地里忙活，和你妻子一道在大田里拔黄豆、掰玉米、割芝麻、挖花生，抚摸那些事物的灵魂，而你妻子饱满的脸膛黑红，身材丰满结实，洋溢着乡村少妇特有的幸福和迷人气息。肖洛霍夫《静静的顿河》里那片草原上那个叫阿克西妮娅的哥萨克少妇尚记否？那真是天高云淡、地阔土厚、绿色铺展、黄色纷呈、风吹作物翻涌、天籁心籁齐鸣、佳时佳地佳人共俱啊！我想，你所处的场景，所伴的人儿，身心所氤氲的气息亦然。

今晚我在纸上写了这么一句话，我想你一定是拍掌赞同的："一个人能拥有一块哪怕是很小的土地并间或遁入，实在是一种幸福！"

致苦难

　　一生脱离你怀抱的时候太少，命定我必须像飞蛾一样投向你，于是你让我进入你多产的宫体，把我产成一块耐磨的顽石。

　　永恒的土地，生长贫穷、崎岖与黑暗，也收获富饶、坦荡与黎明。灶膛熊熊烈烈，你看我在里面缥缈无依；雪原辽阔而苍茫，你看我的足迹斑驳迷离。你吐气如兰时，我便如越冬作物一般返青，成为万顷柔嫩、无瑕的绿波，使我回归到一种遥远而深沉的孤寂、宁静与奋发中。老牛犁过的田埂边，你的思绪凝止不动；伸过你的手，你告诉我这就是生活。我欲翱翔，我欲入土，历尽琼楼玉宇，遍阅无底深渊。我欲承受父亲他三百六十五个日日夜夜的爱抚与敲打，在他的心声与掌中，我顿悟到你，一种崇高、神圣与不朽的生命之真谛！但我不能不在跌倒的时候叫喊——你这恶魔，你这黑暗你这贫穷你这苦难；而在爬起来的时刻，我又每每禁不住热泪盈眶。在你这恶风邪雨的暗淡寂寞的宣泄中，我再一次看见，一种饱和的人生！也只有你才是我真正的永远的宿敌和老朋友！

我无比伤感地看着

无限悲悯的天

以及你的

渐行渐远的美

第四辑

远方与故园

三十年的远方

1994年的时候，我还在家乡望江县的一家最大的工厂里上班。在一座大楼里，我比较惬意地拥有一张办公桌，吆五喝六地成天喝着茶，抽着不用自己花钱的香烟，还人五人六地夹着个大皮包上市、上省代表企业开会、报材料和参加各种五花八门的活动。

一次，跑到厂会议室看足球赛，打开电视机才想起记错了开赛日期，不过有一档新闻纪实节目还是吸引了我，就坐下认真看起来。看了一会儿，眼泪就下来了。我记住了两个欲往北京去做保姆的安徽无为女人的名字：少女张菊芳、少妇谢素平。

张菊芳，十六岁，初中毕业，因不甘于田地上没有多大收益的劳作，不甘于青春花季的冷寂，打起了简朴的包裹，转身，向北，在母亲的泪水、父亲的叹息，特别是八十多岁老祖母手搭凉棚立于村头凄楚的声声呼唤中，渐渐远去，头不再回，尽管远方渺茫无知，但心中的色彩一片斑斓。

而谢素平，这个从河南新蔡嫁入无为，婚后生下双胞胎孩子的少妇，出门时却是一步三回头的。在此之前，她曾一度在北京做保姆，并认识了当时同在北京打工的现在的丈夫。两三间土砖茅草屋，人均只有几分的薄地，几个老老小小无力的人，这样的穷家，使刚嫁过来的她始料不及。这次，她忍痛辞别有伤的丈夫，忍痛抛下一双嗷嗷待哺的孩子，再次走向远方，决心以她年轻女人瘦弱而坚韧的肩，挑起家庭脱贫致富的重担。

我不知道谢素平、张菊芳，以及千千万万同她们一样年轻、一样怀揣梦想的女人们，在北京挣扎的详细情况，但她们的失望和希望、困惑和执着，以及由此勾起的苦涩的思乡之情，我是不必通过后续介绍，也是能够感受到的。在那人山人海的京华胜地，人群中的她们显得是那么的孤单无助——举目无亲，人地生疏，带来的盘缠将尽，却仍未找到雇主，焦躁，像洪水一样冲走了初来时的憧憬。

谢素平、张菊芳以及千千万万她们认识和不认识的姐妹们，只要坚持待下去，肯定能找到一份或满意或不满意的工作，但这些女人们，一生中最美好的一段年华，就这样无可奈何地抛弃在了遥远而陌生的远方！

如同北京保姆曾经十有六七出自无为，20世纪90年代初期，福建晋江星罗棋布的瓷砖厂，所用的女工则近半出自产生了典故"无越雷池一步"的我们这个县。典故，犹如一根无形的麻绳，将地处皖西南的雷池人捆绑了不知多少年。经济大潮的推动，使新一代雷池人再也不能忍受鱼米之乡美誉所带来的惰性，于是把眼光急切地投向了远方，投向了东南沿海城市，纷纷前往打工。我的妹妹也融入了这股洪流中。从她到了晋江后，母亲就日夜盼她的音讯。数月过去，终于来信，说进了一家瓷砖厂，搬砖坯子，又脏又累，十二小时工作制，有时还需加班；由于来找工作的外地人日增，工时有进一步延长而工资却有不加反减的趋势。妹妹最后说，她和姐妹们必须坚持下去，不挣回一笔可观数目的工资决不回家。

几乎是毫无征兆，我有个同事兼好友，突然离厂出走，不辞而别，毅然地走向了远方。从20世纪90年代中期至21世纪初，将近十年时间，他先后到过新疆、福建、上海、天津、北京等地，干过牧马、出海捕鱼、码头搬运、货仓保管、汽车修理，等等。后来又辗转到江苏太仓才停下。受过无数挫折，淌过无数热泪，喜欢动来动去的他却信心十足，称正在与几个打工的兄弟姐妹一起筹办自己的厂。我为他们叫好、加油。

"世事茫茫难自料！"2009 年 2 月，已经是中年人的我自己，居然步了朋友的后尘，一拍脑袋，任谁也留不住、任谁也挡不住地辞了职离了厂，走向了远方，加入外出打工的大军行列。先是在天津滨海高架桥工地待了一段时间，之后转战到了杭州。

已经过去的那两千多个日日夜夜，在我心里堆积了诸多感受，却又无处言说，现在我把它们打包成一句话吧——在家乡的时候，我总觉得异乡就是远方；等泊到某个远方后，却又觉得真正的远方是在别处。如此转换几次后，我恍然大悟：原来家园之外，凡尚未到过之处，皆即远方；我身在异乡行走，心在远方神游，魂在故乡驻守啊！

自 20 世纪 80 年代中期至今，三十多年间，中国一个非常富有特色的生活主题，就是发自各地乡村、覆盖各类城市、席卷神州大地、牵动数亿个家庭的一波又一波的打工热潮。进入新世纪的这些年，打工大潮仍然年年涌动，但无疑已理性和有序得多。至少出门时，家人和自己凄凄惨惨步步惊心的过重负荷，已无往昔那么重了。这些年，中西部地区的经济和企业发展也有了长足进步，"家门口打工也能挣钱"了，但为什么更多青年人，甚或还有像我这样的少数中年人，仍然舍近求远，跑到"北上广深"和东南沿海等各大小城市来呢？我想，除了这样那样各不相同的基本原因外，还有一个共同的深层次原因，那就是都从骨子里认为：最好的生活在别处，最大的希望在远方！

在远方，三十多年来，这样一种情境至今仍鲜活如初：早霞流溢在东方天际的时候，亿万打工者就从各个城市的各色出租房里闪身而出，开始了新一天的奔波和劳作——誓把这一天的分分秒秒，握得发热、发烫！而有人在哼唱一首赞美诗，则是在薄暮的下班路上：

> 我不知明天的道路，
> 每一天只为生活。
> 我不借明天的太阳，

因明天或许阴暗。
有许多未来的事情，
我现在不能识透。
但我知谁管着明天，
我也知牵谁的手。

手握铁锹

去年回乡过年时，想把家里的菜地翻一遍，便去母亲那边找铁锹。那把锹，柄朝下，头朝上，微仰着靠在门背后的墙上；锹片白色的刃口，似闪着若有所待的光。它的主人——我的父亲，已于九个月前驾鹤西去。我将它握在手上，它那光滑圆溜、布满褐色釉的栗树柄，很快就和我的手掌相互温暖起来。曾经无数次，父亲与它，也是这样相互温暖的。

锹是父亲这个庄稼汉一生须臾不可离的农具。在父亲眼中，锹是排头兵，而锄、镰、犁、斧等等，皆须排在锹之后。这大概是因为锹能一专多用、样样通达，不仅能翻地、整墒、捅沟，而且能开河、筑堤、挖井、掘塘、起坟圹，凡与土打交道的一应事务，没有锹的参与那是诸事难成的。

父亲爱惜锹有时简直到了不近情理的程度。一次，有人从母亲手上将锹借去一用，父亲回来发现锹不见了，便暴跳如雷，硬逼着母亲跑到人家去讨要。讨回来的锹被他好一番"呵护"，先是仔细看锹口有无因挖石头而破损，再查锹片和柄身有无沾物。确认没有问题，就可顺手收到屋里去了吧？且慢！只见他返身进屋，很快拿了一块灯芯绒抹布出来，将锹的全身上下仔细地抹了几遍。末了，还用一块小方石将锹口打磨了一番。我父亲小气？非也！若是那借锹人将锹和父亲一并借——由父亲带着锹去帮忙干活，父亲肯定会爽快地答应，即便自己家里再忙，也会扛起锹就往人家里跑。说到底，我父亲的锹只能由他自己亲自使用，别人，包括我们做儿子的要用，也必须是在他的监控视线范围之内。

这是我们没有父亲的第一个春节，也是那把锹失去主人后的第一个春节。我和它立在菜园里，默然良久。我在心里问它："我能做你的新主人吗？"它似在回答："子承父业，物随新主，岂有不愿，只是……"我说："锹啊，我知道你的意思，你不就是想说我是个客串主人，过了春节，就又远遁千里去外乡了吗？但这是没有办法的啊！"

那个下午，我与锹情同手足，步调一致，一口气翻挖了半分菜地。我的汗水与另一种晶亮的液体混杂着，通过手掌纷披到了锹柄、锹片上，然后滴落到新翻的土上。

在江南的吴越之地，还有几年前在北方，我时常从异乡的田野和村庄里走过，所见到的都是一种被家乡人视为无用、称之为洋锹的锹。在这些地方，我从没有见过家乡人至今仍在使用的那种派场很多、相当实用、仿佛无坚不摧的铁锹。这让我大惑不解。其实，家乡农人的铁锹包括我父亲的那把，都是钢锹。在我们那儿，钢与铁只有一个概念：凡是从炉子里烧红出来，经过铁匠敲敲打打而成的东西，皆是以铁指称。实则这些铁具皆是钢质，且大多数农具非钢不可，尤以锹为甚。

铁锹与钢锹的区别：材质上，铁锹是由轻铁片薄铁皮制成，早年多系舶来品和商店里的购买品，因之被称为洋锹，若敲击它，其声浊如敲木；而钢锹却是以一块厚如铁轨的铁块或铁段为材料，由铁匠在炉子里将其烧透，加热到七八百度，而后在铁砧上反复用大锤小锤煅打而成，若敲击它，其声亮如敲钟。体积上，二者差不多，宽度约为三十厘米，长度约为宽度的一点七倍，但厚度却差别甚大，铁锹厚度不会超过二毫米，而钢锹则厚达四至五毫米。形状上，均为大致的长方形，平面类如一张 A4 纸，不同之处在于，铁锹正面两侧有拗边，背面向正面微驼，且有背脊一样的槽埂；而钢锹正反两面皆光滑平整，背面向正面略扇，呈些微的弧度，有二至三度。最后，功用上（这是关键点），铁锹无刃，只能铲，铲浮在表层上的东西；而钢锹有锋刃，利于挖、切、掘和掏，深入土地，所向披靡。

　　村里的锹全出自大队的铁匠铺。我第一次去那儿，是随父亲去取做"淋损"的锹。"淋损"这个词很奇怪，我至今仍茫然。"损"字好解，"淋"字无解，与淬火，与用于淬火的水有关吗？难说。但是这个词的指向却一目了然：修理锹，将锹片发裂的刃口去掉，形成新的刃口。铁匠铺是村里所有锹的策源地、诞生地、根据地和集散地，当然也是医院，手术台即是它们最初的产床。锹们，当然还有别的铁哥铁弟们，在铁匠铺出出进进的，直把那儿变成了村庄里最响亮最炽热最阳刚最有荷尔蒙气息的地方。

　　铁匠铺里三个人在红汗流黑汗淌地忙活。师父老笪，徒弟小笪，他们是父子。另一姓计的小伙子，乃大队书记之弟，是硬塞给老笪做徒弟的。铁匠是一门手艺，在集体时那是一等一的好手艺。老笪不愿收外徒，但铁匠铺属大队所有，打铁做农具按件计工分，书记安排进人，老笪不同意没用。我看到老笪正用钳子夹着一块铁，不断地翻边移位，以承接小笪抡圆的大锤有节奏的夯击，而小计只在一旁拉炉子的风箱。是小计懒，自己要拉风箱的，不过这正合老笪之意。老笪恨不得小计一辈子都学不会打铁，恨不得三天就将全部的技术让小笪学会吃透，所以小笪只要有一个招式不对，他就破口大骂，而对小计却是和言温语。

　　铁匠铺里归整得蛮好，钢坯、成品、半成品、修理品都分类摆放得整齐，所以我父亲来取锹，老笪立马就从一排无柄的锹片中剔出一片拿给了我父亲，犹如探囊取物一般。"淋损"后的锹片像新的一样，特别是那刃口平整又锋利，刃口之上的部位还泛着钢蓝，非常有立体感和画面感，这是淬火恰到好处的效果。父亲喜滋滋地紧夹着它回到了家，然后就是一分钟都不耽搁地将它配上了一根新的齐胸长的栗木柄。

　　这把"淋损"过的锹，当是父亲平生用过的第二把锹。这种锹，锹片的硬度和韧性好，无论多久都不易氧化，不会折断，若碰硬物致刃口微裂，切口两侧略卷，只需再送铁匠铺做次"淋损"即可。一把锹"淋损"一次，使用寿命便延长一段，买换新锹的次数也就屈指可数了。一个农民的一生，也不过三五把锹以旧换新前赴后继相累积的时间啊！

父亲用过的锹共是四把，依次编号略述如下。

一号锹当服役于他十八到二十四岁之间。其时乃 20 世纪 50 年代末至 60 年代初期，正值望江县发动十余万农民垦殖"四大金盆湖"（古雷池的"锅底"），通过三年奋战，那儿形成了十余万亩的稻田。父亲与锹光荣地参与了那场大会战。嗣后他又扛着锹参与了持续数年的同马大堤加高拓宽工程。连年繁重的劳动，使父亲变得强壮起来，却使这把锹不得不提前报废——多次"淋损"维修，已使锹片越来越短，以至被铁匠宣布无"淋损"的价值，只能换把新打制的了。

二号锹于是在铁匠铺应时而生，它便是我童年那次陪父亲去铁匠铺取回的那把"淋损"过的。这把锹的寿命大概是上一把锹的两倍，约为十二年，其间送去"淋损"不少于五次。

三号锹服役的时间段横跨我的少年和整个青年时期，约为十六年。它与我直接发生缘分的一件事让我难忘：十五岁那年我馋青嫩的玉米，便偷偷地弄了一把玉米种粒，扛上锹，在靠近一片坟地的地带，开荒种了十五棵玉米。我日日来看这些玉米禾，隔三岔五就浇点水粪，催得它们棒子硕大、籽粒饱满。最后是一锅清水煮了它们，一家人吃得特别香。从开荒、播种到护理，父亲全程知晓，却佯装不知。我把他的锹一次次扛进扛出，他也熟视无睹。那把锹，我们父子轮番用，把它的柄摩挲得锃亮锃亮的，犹如我偷种的玉米丰收后，脸上溢出的喜色。

四号锹，也是最后一把，则陪了父亲二十三年，终于在他七十五岁时沦为遗物。这把锹不仅仍完好无损，而且似有灵性，我用它挖半分菜地时，感到十分合手。父亲无数次吐在手掌上然后摩擦在锹柄上的唾沫，已经深入木的纹理，成为这把锹的有机组成部分。

2010 年五六月间，我由天津转换杭州务工，其间回家小住。某日，手握四号锹，准备切挖硬土，得父指导曰："先双臂用力，左侧斜切一锹，右侧斜切一锹，再脚板用力，在中间厚厚地深切下去，一块完整的土就被锹片托住了，最后只需往上一端！"其年，父将七十，身体大不如前，唯声音依然洪亮。这是他最后一次教我如何使锹，今，言犹在耳。

船家老侉

　　他已年过七十岁了吧，我不知道他叫什么名字，村里怕也没几人知道。这个孤寡佬，一口地道的山东口音，我们就叫他老侉。他几次拒绝去镇敬老院享福，使全村人对他生出无穷敬意。此时，他坐在华阳河岸上，宽阔的膀子，托着一颗布满白发的大头；一脸的纵横皱纹，一部不小的胡须，都是风刀霜剑的印记。他只有两个伴：一条修补了好些回的木渡船；一只终日形影不离的酒葫芦。

　　我们望江县在水里讨生活的人，有一部分来自苏北和鲁南。他们年轻时候来，中途返回老家的绝少，因为未经很久，他们的生命之树就在此纷纷扎根，并且枝繁叶茂了——是的，他们安家或成家后，便把这异乡变成了家乡，把那老家当成了外乡。船是水手的家，船也是水上的一种植物，水就是长出船这种植物的土地，所谓"船家"，概即此也。我们的老侉，都说他是个例外，因为唯有他是"独木未成林"的光棍。人们慨叹他，却更夸他是江河上最好的水手，当然这多指他年轻时候的好身手。眼下，我们的老侉和他的木船只能日日守着大不如前的华阳河，靠它过活，一趟一趟地运载着三三两两来往于两岸的过河人。这不由得使人想起历史上那些江河日下英雄末路的往事来。

　　我对老侉开始有兴趣，缘于他对我讲的一个历险故事。

那年他二十岁，和几个人合伙在长江上营运一条货船。早春，有几个木材贩子雇他们这条二十吨的机帆船，去鄱阳湖岸的某县运木材。那天船到达目的地时便赶紧装货，所以当日即满载而返。几个贩子七嘴八舌地讨论着跑这趟货的利润，正沾沾自喜地算着，船却在头道检查站被几个水上公安拦住。一船货自然是被尽数没收，年纪都是五十开外的木材贩子们软成了几只瘪茄子。

"一倒霉，都跟着倒霉。"老侉他们几个船家知道，贩子们肯定耍皮拒付运费，连油钱怕都不会给。

船家和贩子都愁得缓不过气来，湖上却又下起了雨，起了大风，直把空船颠得摇来晃去。掌舵的老把式像是自言自语："鬼天，还留我们过夜哩！"老侉初生牛犊不畏虎："白劳一场，不走还留下过年不成！"老把式不轻不重地说："走也好，你就来掌回舵。"

未等老侉反应过来，贩子们齐嚷："还是靠岸歇一晚吧，大风里行这又空又小的船太危险！"老侉不理，老侉对老把式赌气，平时一直都不让他掌舵，这回无论怎的都得试一把。老侉是个有心人，虽未掌过舵，但那技术也知道个大概，没什么大不了的。尽管贩子们是一片责备声，老侉这个兴奋的新手还是掌上了舵。船以十足的马力向回程急驶。

凛冽的东北风呼呼直叫，浪将船头拱得一次比一次高，机声完全被淹没。空空的船，仿佛空空的吊桶，晃荡得人心里七上八下。最大的危险就是，船向只要稍微偏一点点，船必翻无疑。好在离天黑还有一个多时辰，湖上能见度还算好，老侉信心足得很哩。

但开着开着，老侉感到心里突然有些堵得慌，手也开始不安地抖动，脖颈酸得厉害。浪头似乎比先头更高了。船上所有的人都紧张得直搓手，却没人想到也没人敢来换下老侉。那老把式更是紧张得把头埋进了裤裆里。贩子们突然全跪下来，一来这样身体能稳些，二来为求老侉快停船。

"大风浪中，船停下来就是完蛋，开下去才有活路"，年轻的老侉牢记着这条父训。他不敢理那些人，怕坚持不住腿也跟着手打战，怕心猿意马恍惚中放了手，怕尿裤子人瘫倒。咬牙，咬牙，把下唇咬破，让肉体清晰地疼痛起来。贩子们也终于明白过来了，便跪在那儿不再作声，心里默默在打鼓，转而默念着乱七八糟的祈祷词。

鄱阳湖宽阔无边，大风雨中更是汹涌澎湃。尖峭的风似乎又加紧了，浪把船头逼得无处藏躲。形势凶险万分，贩子们又是一阵惊惶的叫声。老侉大喊："你们这些老家伙，号个屁呀！俺只有二十岁，比你们更想活哩！"

天快黑时，千难万险的船晃荡着千难万险的人终于进了长江，雨停了，风也开始小起来，船稳多了，应该是安全度过了危险期，大家紧悬多时的心总算放了下来。忽然，一条大船像是从水底冒出来似的，出现在正前方不远处，它上面载满了什么，黑压压的。贩子们又是一阵骚动。老侉咬紧牙关，心中发狠："稳住，稳住！"老侉丝毫不敢偏开航向，只希求开过来的那条大船偏一点再偏一点。那条载重大船也发现了老侉的船，立刻偏向。两船几乎擦身而过，甚至能相互看到对方最近的人长着什么样的眉毛。老侉回转头时，正碰到那船上有个人直晃拳头，意思再明白不过："你们都他妈的不要命了！"

老侉全身湿透了，不知道哪些是汗哪些是雨水。船经过小孤山时，贩子们又全跪下了，不过这回是感恩："大慈大悲的观音娘娘啊，是你保佑得我们平安啊！"老侉好气："你们这些老家伙，还是谢谢俺吧，是俺保佑了你们的老命哩！"一船人开心地大笑。这时老把式走过来，红着脸膛，拍着老侉的肩膀，说："我不行了，以后就由你来掌舵吧！"

讲完这个故事，老侉举起他那只发着油光的酒葫芦咕嘟嘟灌了几口，用手掌抹抹胡子，说："小家伙，凡是危险，你碰上了，就千万不能怕，一定要稳住，对，稳住！"我望着他朝已坐了几个人的渡船走去，对他称我这个四十好几的大男人为"小家伙"，感到说不出的新奇和亲切。

敬畏清白的人格

只有时间，方能以渗透的方式，穿破任何意识形态的藩篱，从而不可阻挡地展现历史的真貌；而历史也经由时间告诉后人：要爱也要恨，为过去的美和丑。当然爱与恨之间，还有一种叫作敬畏的情感。

我不由得再次想起方志敏。还是在读小学四年级的时候，我"认识"了江西弋阳人方志敏，这"认识"的过程，发轫于我们那位年已半百的语文老师鲍凯銮先生。有一次在正式上课前，他将一本大约四十页的小册子介绍了一番，然后饱含深情地说："《方志敏》，这是一本好书，同学们都该有一本！"那个星期天，我们全班四十多个小学生，差不多都去了十五里外的县城新华书店。回来的路上，我边走边翻阅《方志敏》，小腿走酸了，但与所获得的那种新奇、满足的感觉相比实在是不值一提。我们毕竟是懵懵懂懂的小学生，我们仅只初步"认识"了方志敏，但对方志敏的强烈印象，已经在我们的心灵种下了一种类似于对待未曾谋面的先祖的感情，即敬畏。

现在我多少搞清了，具体于方志敏，我们敬畏的原来是他的人格。作为普通的生活者这是最本质的敬畏，关系到日常生活中所把握的操守。人格是什么？例如方志敏的人格就是两个兵士搜他的身时所展示的清贫操守。作为一个由成千上万的个体所组成的群体的领导者，他的这种清贫，足以使任何有良知者都不能不在内心产生一种强烈的震撼，特别是在物欲横流的时代，我们对这种人格而非仅仅属于革命者的操守，不能不有一种恍若隔世的敬畏。

现在的我们，为生活所迫，为生活所累，但这并不意味着我们有理由不讲究人格。我讨厌说某人人格高尚、某人人格低下；我只愿说某人有人格、某人则无。我是基于这样的认识，即人之所以有别于别的生物，就是因其有了最基本的特征：有人格及由它产生的清廉的思想、健康的感情、扎实的文化素质。既为人，受到人们内心敬服哪怕是一般的认可应就是有人格，反之，受到人们普遍的鄙视乃至痛恨则就是无人格。

一个手搭凉棚抬眼远望的人，一个低头踱步陷于深思的人，一个对他人的某件事迹听闻后击节浩叹或怒发冲冠的人，我想，他很可能正处在人格的体现或两难取舍中。一个农民，一个公务员，乃至一个领导者，每天都不能脱离柴米油盐酱醋茶和七情六欲的需要，而无人不想物质获得丰足一些，精神压力承受得轻一些，然而境遇不可能都一样，因而一种"捷径"便凸显出来：为官者或可凭借权势攫取所需，为民者或可采取盗窃或欺骗手段以求不劳而获。当此之时即是体现是否"坚持"人格之时。大量的事例显示，丢失人格是最大的痛苦，即使财富获得了最大的满足（其实物欲是无法满足的），只要丢失过一次人格，就无异于身体落下了一处内伤，会在今后的生活中常常引发身心不安。

由此看来，即使作为坏人，他应该永远也不会泯灭对人格的敬畏之情，他以对正直者的敬畏来隐现这种敬畏。我曾经与某位领导者做过一次交谈，我说几乎在任何单位都存在这样两种人：一种人一年如一日，甚至十几年、数十年如一日都是默默无闻地干事，心无旁骛，自己认为这就是对所拿到的一份工资的最好交代，也是对领导者最好的尊敬。而另一种人，属于泥鳅型，滑不溜秋，工资照拿，但无责任感，善于察言观色，迎合吹拍，见缝插针，没好处的事他避之远远，有好处的事总见他在里面忙活，领导家中常见他的身影，且是不倒翁，讲话有分量，一直活得滋润。无疑这两种人都是在工作，但途径却不同，前者死抓住"本分"不放，后者深知那终南捷径的奥妙，故两种人都乐此不疲，但前者难免有时愤愤不平，也不过如此而已，他很快又在埋头工作了，而后者对前者的愤慨基本上是视而不见，偶然见之也不知是鄙视还是抱歉地一笑。我问与我交谈的领导者：难道您对后一种人不反感吗？难道您不怕后一种人扰乱贵单位的工作秩序吗？领导者答曰："当然反感，但埋在心里，至于怕他扰乱秩序，大可不必，因为秩序自有前者锲而不舍地工作在维持，单位的存在就靠前者的支撑。对我来讲，两种人都不可缺少。不过有一点你可能不知道，那就是后者实际内心里是很自卑的，这我就不必多言了。"这么说来，后者对前者的笑，不是鄙视而是抱歉了，那么这种抱歉很可能是一种敬畏的心理反应，这当然是关乎人格这条"线"了。

像我这样的极为普通的人，其实也不是没有发财机会的，甚至不是没有升职机会的，但那些机会往往要靠不正当的方式去把握，这太让我痛苦了，在痛苦地犹豫中，机会在指缝中溜走了。在平静后，我庆幸自己没有将人格丢失。我坚持认为，只要是人，就应该有人格，平凡、贫穷、环境都不是理由。"富贵不能淫，贫贱不能移，威武不能屈"，"天行健，君子当自强不息"，"安能摧眉折腰事权贵，使我不能开心颜"，这些先贤的话一直激励着我自尊、自强、自爱。

我现在依然告诫自己：朗朗乾坤，文明世界，上有众星普照，周有亿万同胞相伴，即使我做不了大事业，即使我对现实、对自身的生存状况有这样那样的不满和愤懑，但越是在物欲横流的时候越是要做一个有清白人格的人，做一个坦荡荡的君子而非常戚戚的小人，这个信条是永远必须坚守的。

时时站稳生活的脚跟，时时挺起昂扬的身姿，时时对清白的人格保持敬畏的心态，其实也不难做到！

烈士叔叔

1949 年 4 月上旬，我妻子的四叔偷偷报名参加了即将从华阳河口渡江的 15 军 45 师，他的母亲也就是我妻子的奶奶，一位五十多岁的村妇，几次迈着一双小脚走了七八里路，找到后湖训练地点，但湖上、岸边，到处都是投入紧张训练的年轻侉子兵，根本就找不到叔叔。

渡江的前一天，即 4 月 20 日，奶奶正在家做中午饭，突然有三个一身戎装的兵走了进来，其中一个就是叔叔。奶奶又气又舍不得，但终于明白母子别离已经在即，叔叔已经不属于她了。叔叔是从前门进来的，见了娘以后就从后门走出，他一生同娘当面说的最后一句话是："妈，莫挂心，我每个月寄一封信回来！"

第二天，也就是 4 月 21 日，从下午三点多钟起，15 军向江南香口国民党守军开始进行炮击，先是试射，到四点多钟施行效力射，对方也用炮火还击。二十三时，东北风起，天下小雨，江面迷茫，华阳渡口突击队的四百余只战船如离弦之箭，向南岸疾驰。躲在临时挖就，用木板盖顶的坑道里的老百姓，紧张地度过了一个不眠之夜。奶奶更是心里不平静，几次要出来看看叔叔过去了没有，都被家人劝住。好不容易熬过了晚上，天刚亮，奶奶就站在路口，想从面前列队浩浩荡荡向江边开去的部队中看到叔叔，但几乎都是一样的穿着、背包，一样的全副武装，还有一样的年轻的脸，奶奶越看越失望，也越看越心痛。奶奶拉住一名战士的手问："我儿子小四子过江了没有？"那名战士懂得一位母亲的心："大娘，你儿子已经顺利过去了，你放心吧！"奶奶终于松了一口气。

奶奶紧张而急切地等叔叔寄第一封信回来，二十天后，叔叔的信终于来了，奶奶一颗心稍得安宁。此后，叔叔无论在南还是在北，都按月寄一封信回家。直到1951年，叔叔突然从朝鲜寄回一封信，奶奶又开始紧张起来了，她知道那是在国外，和美国鬼子打仗。奶奶天天注意打听邮差来了没有。叔叔仍按期每月寄一封信回来，但从1952年10月起就没有叔叔的信了。三个月后，三年后，仍无叔叔的信。这期间，与叔叔一同参军一同赴朝参战的同村殷少洪烈士的血衣被寄回来了。奶奶再也不能等了，终于从病床上爬起来，走了二十里路来到县政府，政府里的人告诉她，本县没有音讯的战士不止叔叔一个，县里已派员到朝鲜实地调查去了。但奶奶凭一个母亲的直感认为叔叔已经不在世了。她的预感不幸成为现实，几个月后，县政府将一个烈士证交给了奶奶，并告诉奶奶，叔叔牺牲于1952年，具体时间不详，遗体也没有找到。

奶奶的悲伤可想而知，亲人们也一直不能了然于心。最近，我通过查阅有关书籍、资料了解到，1952年10月，也即叔叔开始断绝书信的那段时间，朝鲜战场只发生过一次较大也较激烈的战役，即上甘岭战役，而叔叔所在的15军45师是我军参战的主要部队之一，我认为叔叔牺牲于此战役中可能性最大，否则战役结束之后，叔叔不可能没有音讯。上甘岭战役始于1952年10月14日，先是由美军发动进攻，我军防守，而叔叔所在的15军（军长秦基伟）45师（师长崔建功）135团处在正面防守位置上。10月19日夜我军发动反击，著名英雄黄继光就是在这次反击战斗中堵敌碉的射击孔牺牲的。10月23日，45师因伤亡甚大撤进坑道，并受到兵员补充，开始了艰苦卓绝的坑道防守战。10月30日夜，15军发起总攻，上甘岭战役于11月24日以我军的胜利而结束，历时四十三天。我注意到，在坑道战中，有整个坑道上排、上连的指战员牺牲的情况，有的坑道在战役中或战役后发生坍塌，已无法找到烈士的遗体，也无法确定他们牺牲的具体时间。据此，我认为，叔叔当牺牲在10

月 23 日至 30 日的坑道中。在县志抗美援朝烈士名录中，同叔叔一样只具 "1952"，未具月、日的本县牺牲者有：徐伟良、周武华、聂竹波、周国耀，他们牺牲的情况应与叔叔相同。

叔叔胡昌友，1933 年 4 月生，安徽安庆望江县华阳镇陶寓村人，初中文化，1949 年 4 月上旬入伍，为 4 兵团（战时改称 3 兵团）15 军 45 师 135 团战士，时十六岁；1952 年 10 月下旬牺牲于朝鲜战争之上甘岭战役，时任班长，卒年十九岁。

奶奶是在 1955 年也即确知叔叔已牺牲的两年后去世的。奶奶临死前说的一句话是："信，信，小四子又寄信来了……"烈士不朽！烈士的母亲爱心永恒！

外祖父在一九三四年

　　1934 年，我的外祖父倪盛顺，这个时当青年的小农民，他在干些什么呢？无非是和无数庄稼佬一样，一门心思地租种地主的几亩地活着罢了。但几十年后舅舅神秘而又自豪地对我说："莫轻看你死去的外公，1934 年他在家门口参加过红军！"在县东南乡这块小小的冲积平原上曾闹过红军？我未敢轻信。后来我还真见到了关于 1934 年望江雷港成立红军独立团的史料，其中有一则题为《十月暴动》：

　　民国 23 年大旱，草木枯焦，饿殍遍野。中共望江特区委遵循上级关于扩建红十军团、粉碎蒋介石发动第五次围剿的指示，动员群众参加红军，先后报名的有百余人。并派人争取县自卫团第二分队倒戈。11 月 5 日（阳历），特区委决定举行武装暴动，攻打县城，然后再渡江与江南红军会师。28 日夜间，各路暴动队员潜伏在城外，准备攻城。不料攻城部署被叛徒金狗伢泄露，城内接应的自卫团第二分队被解除武装。暴动队员根据奎文塔发出的信号被迫撤离。县长洪鼎、肃反专员何梦明立即率兵捕捉特区委成员和报名参加红军的群众，李秀松、徐红秀、童报林、檀九保被杀害。（引自新编《望江县志》，檀钟主编）

还有些情况县志语焉不详，如，报名参加红军的为百余人，那么参加攻城的有多少人呢？我想在那个大饥馑之年至少会有三至五千人踊跃参加，百余报名参加红军者应是骨干力量。而据新编《倪氏家谱》记载，这批骨干中，雷港、东阁、迎江三个村倪姓人占了四分之一。其中出版徒一人，自首一人，逃亡到至德县（今属东至县）被捕而至活埋三人。至于外祖父倪盛顺，除列名为参加者外，再未见片言只字。

这一页历史早就翻过去了，但舅舅在六十七年后的今天，却多次逼我去县里查找有关外公的档案。我给他讲道理：许多真枪实弹干过的红军、八路军的名字都湮没了，何况外祖父只报过名，参加了一次未成功的暴动，即使查出档案，但时过境迁这么久了，又能得到什么呢？他一听这话就很不高兴："我受气！村里至今还有人说你外公也是自首的！"原来是事关名节的大问题。

那么外祖父在1934年，到底充当着一种什么样的角色呢？在舅舅多次的絮叨中，1934年的外公终于在我眼前出现。那一年将要发生的"扩红"运动和暴动事件，对一向思动的外公来说如鱼得水，所以时机一到他很快就成为积极参加者和活跃分子。但他却例外地没能参加"十月暴动"。他担任的是交通联络员，要经常往返于大江两岸的彭泽、东流、至德、望江等地，进行"扩红"联络事宜。家里就藏有大江两岸数千名"上过名字"的人员名单。在确定的暴动时间，他恰好在江南未及过来。他在未得到江这边暴动失败的消息的情况下，大模大样地过了江，刚进村口，便碰到一村人，那人说："县里派兵等着捉你呢！"外公当即钻进芦苇丛，找条小路朝后山地区太慈镇方向跑。一口气跑了三十里，到了丘陵地带，却被自卫团的两个兵赶上。在拽拽扯扯地往回押的路上，外公看到一个熟人，便叫喊着要小便，趁机对那人说了一句话："拜托你跟我堂客（老婆）讲快把家里那个糯米罐子里的东西烧掉！"又走了一箭之地，外公又要拉屎，却借着暮色的临近和山坳的地形跑了。我外婆在外公逃走的当天深夜就将糯米罐子里的花名册烧掉了。这之后的情况，就有些浪漫。外公跑到太慈余家大屋也就是清末湖南巡抚余诚格的故里隐居了下来，不久竟在一户人家入了赘。外公在躲了两年多后，见风声已过，就大摇大摆地回到了自己的村子，撇下了第二位"堂客"。不晓得他是以怎样的本领摆平了两个家的。此后尘埃落定，过了一把造反瘾的外祖父，又一门心思地做起了庄稼汉，而随着几次破圩发大水，人事倥偬，1934年便尘封进了历史的深处。大概是因外公逃亡的一节鲜为人知，又无证人，后来倪氏修谱时，有人便胡乱猜测他可能也自了首，这便使舅舅气难平，故要查官方的档案讨个说法。

舅舅的述说因属间接性，肯定有穿凿附会的地方。但对我来说，1934年就这么回事：这一年这块土地上，开展过一次未果的"扩红"运动，发生过一次未遂的攻城暴动事件，而外祖父在其中担任过一个尚不太说得清的角色，一切都已抽身而出，随时光而消逝，如此而已。

一天，舅舅又打电话来，先是催我速将借他的《倪氏家谱》送还，因为清明到了，族人照例要翻看。末了，他电话仍不挂，我明白他指望我说什么，我便对着话筒喊：到县里查了，没有查到有关外公的档案，等机会再查吧！电话那头仍一个劲地鼓动，没有一点泄气的意思。

徐惟一的城门遗恨

1938 年 9 月初，徐惟一，这位年及五十、已卸职多年的老同盟会会员被任命为安徽望江县县长，而他的籍贯便是望江。这可以说是一个特例，因为无论是漫长的封建时代，还是短促的民国时期，由本土人士充任政府主官，几无前例，除非情况极其特殊。

徐惟一生于 1889 年，1906 年入江北陆军学校学习军事并参加同盟会。辛亥革命后，柏文蔚为安徽都督，他系都督府参谋长，并曾一度代理皖督；北伐誓师，柏任第 33 军军长，他任军部参谋长；北伐成功后，柏文蔚解甲，他亦深居安庆。1938 年 6 月，安庆被日军攻陷，他偕夫人张氏返回望江县团山徐家滩老家避难。

任命书是从临时省府"立煌"（今安徽金寨县）送来的，一同到达的还有徐惟一的旧友——省府秘书长朱佛定的一封信。原来日军攻陷安庆后，即呈现出溯江而上、西进望江县的态势，时被寄予厚望，上任不到半年的望江县长朱鼎（合肥人）却闻风丧胆，卷款携印潜逃（此人后遭省政府通缉，未果）。城中无主，散兵游勇及无业游民以游击队自命，你方唱罢我登场，有枪就是草头王，日军未到而城中已混乱不堪。皖第一行政督察区专署虽派谷养云（舒城人）权掌县政，但因其心不在焉，颟顸无能，处事不当，致使乱局雪上加霜，两月不到即被免职。在此情势下，朱佛定想起了正赋闲在乡的老友徐惟一，便向省政府主席李品仙推荐徐为望江县长，李品仙当即做出了任命。即便是匆忙之中，朱、李二人对这一任命还是有过充分考量的。他们认为，作为望江本土人，徐惟一有着最深切的乡梓情怀；作为参加过北伐战争的老同盟会会员，他更具有丰富的从军从政经历和应对复杂局面的经验；此外，望江素有"徐半县"之称（全县徐姓人数最多，列第一大姓，得此俚称），而徐惟一则系此徐氏家族的一面旗帜，又久为邑人所敬仰，故他无疑有着组织和发动群众的良好基础。

临危受命，徐惟一深知这是一副十分沉重的担子，但民族大义，桑梓深情，使他义不容辞。

徐惟一坐一辆旧吉普车往县城赶。路上，他像复习一样回顾了一番久已谙熟于心的乡梓历史。望江素有鱼米之乡美誉。1725年，江南省析为安徽、江苏两省，此前，江南省时期，望江一直被视为"末府末县"，概因地处江南省最西部、县域面积最小、人口最少以及县城最小。数百年间，常年人口只在1至3万或5至7万之间徘徊，但至抗战暴发之前的一年，人口竟达到23万之众，可见鱼米之乡美誉名不虚传，的确是个养人、发人的好地方。全县人口大增，作为心脏的县城却仍局促在原地未有增容的空间。望江置县于东晋，但迟于明万历三年（1575）县治所在地始建城垣。城垣大致呈圆形，颇似西红柿，略椭。城墙周长626丈，宽丈余，高2丈3尺余，垒堞1110垛，水洞4处，设戍铺9处、城楼5座、城门7座。城虽小，但望江人自己习惯了，没觉得有什么不好。人们爱自己的家乡，爱自己的县城。然而如今县城即将面临一场空前磨难，却是望江人始料不及的。徐惟一念及此，越发觉得肩上的担子沉重，身上的责任神圣。

团山到县城约二十里。9月本是收获的季节，但徐惟一沿途看到的却是一派荒凉的景象，并感到了有一种隐隐不安的气氛，在四野发酵。县城街上行人稀少，容易见到的是些兵匪两似的人，一个个无精打采又痞气十足。见新来的县长到了，机关的人大多陆续赶回了县府。只是新来的县党部书记长李灿，见望江局势对他不利，躲到桐城老家去了。在百无头绪的情况下，徐惟一雷厉风行地开始了他的整顿工作。

首先是对半兵半匪的力量进行了清剿和整编。此前，望江城里分多处堆有一批为抗战而准备的数量可观的"国防盐"，成了各种力量争夺的目标。先是自称皖西游击司令的郭某，带来百余人，从前任县长谷养云手上要去十万斤盐，接着马司令的队伍来了，将郭司令的人、枪、盐悉数俘获不算，又向政府要去十万斤。马司令刚走，又开进了拥有三四百人的方司令，给他十万斤他不满足，谷县长只好指定几处盐堆归其所有。到徐惟一任县长时，这方司令仍盘踞县城不走，引起四乡抢劫案不断，实为一大患。突然有一天，一支为首的叫朱司令的部队包围了县城，方司令自知不敌，只得退出。朱司令进得城来照例也是要盐，但已所剩无几，他除了全部吞下外，还把经手卖盐的一些头头扣押在司令部，逼出了一笔巨款。这时有一股更强大的部队正在宿望边界集结，为首的叫陶太平，有人枪一千余。徐惟一审时度势，当机立断，决定矮子里头拔长子，便和陶太平谈判，将其改编为县自卫大队。陶部应约攻进县城，驱走了朱司令，城内局势始得安定。

徐惟一却未敢稍加懈怠，反而更加紧张忙碌地工作着。他宵衣旰食，发号施令，一面贴出安民告示，鼓励民众各安其业，一面秣马厉兵，加固城防设施，并发电向上紧急请兵。省政府深知望江势单力薄，难以应对变局，即令驻防太湖的桂系176师156团星夜开进望江。上任才短短几个月，徐惟一就像一位经验丰富的船长一样，驾着望江这条原本东倒西歪的船驶进了港湾，而这一切的一切，都是为了随时给来犯的日军以迎头痛击，保障县城不失。

1939年的春节到了，正当徐惟一准备睡一个囫囵觉，人们准备过一个平安年时，日军忽于除夕下午占领了距县城十五里的未设防的江边古镇华阳，兵锋直指县城。徐惟一紧急部署部队守城，疏导市民出城向后山地区转移。

初一日清晨，天降大雨，历来少见，不知天公是有意助我还是助敌。在泊于华阳河口江上的两艘军舰发炮助威下，日军116师团119旅团120

联队两千余人呼啸而来，从三面攻打县城，城内徐惟一率领的地方团队和 156 团二营营长彭伍指挥的部队，奋勇反击。

徐惟一手持短枪，身先士卒，并鼓励大家说："我望江县，城虽小，实坚固，可谓固若金汤。明末张献忠、左良玉均号称十万大军，先后围我城池，数日不得破，狼狈退走。今倭寇其势虽汹，然只要我军民人等众志成城，誓死保我家园，定能将其击退！"汗水、血水、雨水染遍了他的全身，守城部队见此，士气愈加高涨。

东门城外，那座奎文塔（此五层塔建于 1825 年，拆毁于 1967 年 7 月），由徐惟一亲自指定架在上面的两挺机枪，对敌杀伤力很大。激战一昼夜，敌不得逞。

初二日拂晓，敌军改分四路进犯，并动用三架飞机助战，攻势如潮。四面受敌，敌众我寡，南门失守，形势十分危急。徐惟一只得忍痛下令撤退。他指挥一部分部队保护尚未出城的居民后移，自己走在最后面。

最后一刻，他悲痛欲绝，当街跪倒，头仰于天，声泪俱下："生长于斯，且负守土之责，目睹城破家亡，死且有愧，有何面貌再见父老乡亲和上峰！"言罢拔枪欲自杀，被部属奋力抱住并挟出城外。

望江县城及长江沿岸乡镇悉为日军占据，但北部还有大片的后山地区尚未触及。徐惟一率部退到离县城六十里的长岭埠后，恢复了县政府机构，加强了抗日动员和组织工作，并将全县的行政组织重新做了规划，无日不在准备着打回县城。不久，桂系 176 师的 156 团在团长莫敌率领下悉数集结于长岭埠，加上地方团队，兵力达到近两千人，而此时县城留守日军只有二百余人。徐惟一认为时机已然成熟，经过与莫敌团长等人的一番绸缪和筹划，决定即行反攻县城。

多年后，晚年的徐惟一念念不忘 1939 年中秋节的那一次夜袭战，仍为之沉痛。那晚月明星稀，虫声唧唧，他和莫敌团长共率千人悄悄向县城突进。关于此战，县志如是简略记载："先遣队随带爬城工具，潜入莲池门，砍开城门，两个连迅即开进。城门交吴万年部把守，接应后续部队。孰料吴部弃城门不守，入城抢劫。日军发现后立即封锁四门，后续部队不得进。城内发生巷战。日军在钵盂山、查合兴楼上架上机枪猛烈扫射。入城部队因地势不利，边打边撤，有的爬莲池门外撤时中弹牺牲，有的辗转躲进城内青林寺、城隍庙。日军又纵火烧庙，附近八家店面和近百间居民房屋皆成瓦砾。入城部队大部殉难。"

几十年后的今天，笔者试着检讨这次战斗，对徐惟一的沉痛有了些许体会。先遣队爬墙入城砍开莲池门，两连桂军迅速开入城内，这是多大的成功啊，甚至可以说整个战斗至此便已成功了一半。不料，不知何故，也许是觉得无足轻重，被安排留下来把守城门以接应后续大部队的，却是吴万年部。吴万年是来自无为、混迹于华阳河和泊湖水域的有名匪首，后与陶太平部合为一处。被徐惟一收编时，陶为大队长，吴为队副。吴部被收编后仍匪性不改，纪律最坏。"城门交吴万年部把守"，而这些人却"弃城门不守，入城抢劫"去了，古今中外战争史上，不计其数的偷袭战的战例里，恐怕再难找出比此更滑稽、更荒唐、更可笑的奇怪现象了。可以想见，以谋略著称的桂系二把手、"小诸葛"白崇禧将军，事后得知有此一节，定会气得山羊胡子直打战。由于敞开的城门无人把守，城外部队又未能迅速跟进，日军发现后，未经交火便轻易地将城门控制封堵住了，并迅即对已入城部队疯狂地展开兜剿行动。本可收奇袭之功，但结局只能是，入城部队沦为孤军，陷于绝境，而城外八百人的大部队，因战前未做任何强攻准备，此时只能束手无策地忍痛听由城内二百多名弟兄一个个战死。

莲池门啊！作为战斗的组织和指挥者，五十岁的徐惟一县长和二十四岁的莫敌团长格外惊心。徐惟一的自责、悔恨、懊恼、悲伤、痛惜之情，与满目的泪水盈盈交杂在一起，顷刻化为了满腔的对敌之仇。

一场机会极好、开局极为顺利的夺城夜袭战，只因一个细节上的疏忽、不讲究而导致功败垂成，铩羽而归，留给徐惟一的只能是无尽的惋惜和不灭的遗恨，痛心疾首，莫此为甚！

而留给后人如笔者的也只能是在此的怅然一叹！

不久徐惟一奉调离县，望江县长由桂系军人莫毓光接任。徐惟一事无巨细一一向接任者交割，特别希望接任者能率领军民再次反攻县城。依依惜别、怅然抱恨之情溢于言表。后来，徐惟一历任多职，还曾参与谋划"1940 年安庆夺城战"（此战终未实施）。抗战胜利后他再次卸职并寓居安庆，断然绝意仕途。新中国成立后，为省民革成员、省文史馆员。原国民党皖籍著名将领卫立煌自香港归国定居，他与内兄张东野曾为之奔走周旋。1960 年，徐惟一在安庆病逝，享年七十一岁。

　　他的名字很有特点，也有些怪；他的事迹，寥寥数百字，我第一次读到便不能忘怀。物换星移，风尘荏苒，今天，他仍是一个我们不能不提的人物。他的名字和众多先人的名字一道，已经在我们的心中巍然屹立成了一座历史丰碑，焕发着平凡而夺目的精神之光。

老头儿丁育智

有些人，有些事，是没办法忘记的，即便过去很多年，也会时常涌上心头。我就经常想起一个叫丁育智的村人，一想起就难免伤感。

20世纪70年代前期，我十来岁那年，我们生产队做了一件轰动一时的事情，就是自排自演了样板戏《红灯记》和《沙家浜》，而充当导演、艺术指导以及舞台设计等等的就是这个叫丁育智的老头儿。

那时他六十来岁吧，个头很小。那是一段令人难忘的冬天的日子，每到夜晚，宽敞的队屋里总是灯光通明、热气腾腾。那些基本上都不识字、对演戏原本一窍不通的泥腿子，在他这个天才导演不厌其烦、孜孜不倦的鼓捣下，一招一式地忙得不亦乐乎，一个个几乎成了响当当的角儿。他在忙碌中也没有一点脾气，反而越加神采飞扬、和蔼可亲，有一次还把我逮住，用一只手按住我的头顶喊我的父亲："'刘副官'，你的儿子将来肯定有出息！"接着是一阵极感染人的爽朗的笑声。正式演出那几个晚上，附近几个生产大队的社员都扛着板凳，提着杌子，像赶集似的会集到我们生产队来看大戏。

然而，他却是个"戴帽分子"，至于是地、富、反、坏、右这"黑五类"中的哪一类，到现在我仍不详。为此我曾大惑不解，他怎么也会是"分子"呢？

原来，他很早就是个"人物"。上海、南京、杭州、北京还有香港都

199

有过他生活的足迹。关于他那时的职业问题，或说他在旧政府机关做小职员；或说是在上海一家大公司当秘书，但也就是在那段时间，他回了一趟家乡望江华阳，再去上海时，上海已经解放了，那家公司已迁往台湾。还有人说他参加过国民党军，充任文员。有人说得更具体，他不是部队的军人，而是随军记者。除了写战地通讯，他那一支生花妙笔，还写出过许多散文、小说，发表在新中国成立前的报刊上。他既为文人，经历又复杂，自然就与坏分子有不解之缘了。我是个相当好奇的少年，我仗着他摸过我的头夸我有出息的分上，曾大着胆子问过他上述种种问题，他又摸着我的头，只说了一句："小孩子家莫乱打听大人的事哟！"

我坚信他当过兵的秘密就隐藏在他那部创作于 20 世纪 70 年代后期的《香山喋血记》的小说稿中。小说正面描写了 1939 年秋国民党军队的一个团在长江南岸、安徽东流（今东至）县境的香山，英勇抗击日军的可歌可泣的事迹。我认为他就是这个团的一员，理由很简单，据看过小说手稿的人说，小说细节描写非常逼真，背景材料相当翔实，战争生活跃然纸上，显示出作者有直接的战争生活体验；而且小说中有个爱好文学的参谋人员也很像他。但小说最终未能出版，当出版社派到华阳来的那位女编辑非常遗憾地向他告知结果时，他只说了句："我知道，我知道，谢谢你。"这就表露出他的心态：就这部小说来讲，他不是为写小说而写小说，而是为了那在心中煎熬了他几十年的人和事不得不形诸笔墨。

这是一个残酷的拒绝，对于一个全力一搏的风烛残年的老人来说，尤其显得残酷。村里人都说，70 年代的后几年，为写这部四十余万字的小说，他日间下田劳动，晚上挑灯苦战，没有钱买纸笔，就用草纸铅笔写。他几易其稿，并多次过江去东至县重访旧战场，实地勘察那座海拔二百四十米的香山。小说的未能出版，是他被扣上坏分子的"帽子"和妻儿相继去世后，遭遇的又一个沉重打击，甚至可以说，是一个使他从此一蹶不振的致命的打击。记得 80 年代初期，我在去纺织厂上班的路上，经常看到已是花白头发的他撑着一根拐棍颤颤地站在江堤上面对着江南发呆。他的正对面就是自古以来兵家必争之地的香山，斜对面是曾经有名的马当要塞。有时候看到的他是坐着的，那身影显得是多么的瘦小无助。如果有熟人与他谈到香山，他只说一件事：1939年秋季桂系的一个团在此抗击数倍于己的日军，几乎全军覆没，喋血香山⋯⋯

时光荏苒，到了90年代初，我非常想看看他的长篇小说手稿。一个炎热的天气里，我走进他那间小屋，不禁吃了一惊，我看到他蜷缩着躺在床上，瘦骨嶙峋，头上只有少许白发，几近秃顶。屋里光线很暗，被烟火熏得又黄又黑的蚊帐打满了补丁，锅碗瓢盆零乱地摆放着，也看不见有什么吃的东西。虽然自被摘帽后，他就被村里列为"五保户"，吃穿住都由村里解决，但他的生活境况还是差得让人难以置信。这个已经快八十岁的孤寡老人几乎已经不认得我了。他已经被现实生活遗弃，被往事完全湮没。我痛苦地感到心中的一座灯塔熄了、塌了。

翻开《望江县文史资料》，还能读到他用散文笔法写的关于华阳历史的文章。华阳曾是长江北岸连接皖、鄂、赣三省数十个县的著名古镇，数百年间有过不少政、经、文、军大动静在那儿上演，明清至民国一直都有几个省直和江防专门机构长驻，可谓盛极一时。然古镇已成废墟，现在的新镇是另地发展起来的，很难觅见旧时的人文灵气了。作为一名老华阳人，他的回忆文章字里行间难免涌动着一种愁思、一种伤感，特别难得的是还有一种气韵，使我读后不由得击节赞叹。至于他的小说作品则无法找到，因而我永远读不到了。县志中有这样的评语："解放前丁育智写的短篇小说尚可一读。"有此一句，老头足矣！

老头儿是什么时候去世的，墓地在何处，死前和弥留之际又是什么情景，还有他生于何年何月何日，祖上家世若何，这一切我一概不知，相信也没有几人知。现在，离他去世的时间仿佛已经很遥远了。那部《香山喋血记》的手稿不知是由何人作何处置的，恐怕也不存于世了吧。

三十多年前的暗恋

三十多年前，也就是我完全称得上帅小伙的那几年，有幸也不幸地成为同村一些年龄相仿或略小的姑娘瞩目的对象。这还真不是吹牛，举个例子，有个姑娘，她家爸妈要把她许配给我的一个同伴小伙，她眉头都不皱一下地说：要嫁就嫁某某一样的人！这个某某就是我哟。我听说后，虽是颇为得意，但并没有准备去提亲，因为我早已暗暗钟情于另一个比我大上两岁的姑娘了。

三十多年后，也就是今年过年时，我回乡碰到了一个大妈。我们两个脸上的皱纹都已堆得不少的中年人，站在村街上旁若无人地颇聊了会儿，主要是共同回顾了三十多年前的一个关于五分钱的故事。这个大妈就是当年我暗暗钟情的那个大我两岁的姑娘哦。

三十多年前的那天晚上，我去看一部电影。电影就要开场了。灯光通明的电影院门前，已经显得有些萧条，只有几个少男少女，或徘徊不定，或立足翘望，都露出焦急与无奈的神情。我把手伸进售票窗。里面是一句生硬的话："少五分钱！"我像触了电似的缩回手。如果，我身上有钱，添上五分就是了，可是……

在售票窗口显得急急忙忙的人们，以及影院里隐约传出的悦耳的音乐声，把我的胃口吊得老高。我开始不耐烦了，也显得有些可怜。忽然一个熟人的身影映入眼帘，她，一个姑娘，蹦蹦跳跳地走来。

我兴奋地迎上去，急急地问：

"姐姐，有五分钱吗？"

她没有停步，只摆摆手，然后又指指后边。后边也是个姑娘，不紧不慢地走来。这个长得身材苗条又丰满、脸蛋黝黑而圆润的姑娘正远远地看着我。我惊呆了。她是我极熟悉的一个姑娘，是我心目中老长时间没能解开的一块疙瘩——我曾经爱她，而且现在仍未完全消融掉那一份真情。

她翩翩地走近，我不由自主地靠上去。我敢断定她从远处就认出了我，她眼睛中那一份温柔只有我才理会得真切。我们四目相对。她出落得使我内心深处即刻迸发出一种喜悦，不是因她穿着如何入时，而是因她洋溢着一种内在的与土地与水塘与庄稼紧密相连的东西——朴素，以及村姑的那一种无法替代的赤诚与骄傲。她注视着我，只一瞬间，几乎把我扫倒。我积蓄了一股力量，向她开口：

"你有……五分钱吗？我少了五分钱。"

我还聒噪着，说忘记多带钱，又来不及回家拿，等等。这种解释的话，对于别人来说可能是多余的，而对于我来说却似乎是很必要的。我看见她微笑的脸，眼睛放着光，应着我的声音站到我的面前。我忽然感到心里慌得厉害。

她拿出几张纸币，问："就只少五分？"我重重地点头而轻轻地接过来。

不知怎的，我们竟始终连寒暄的话都没再说一句就匆匆分开了。这太不正常了，因为我们是熟人，曾经很熟、很熟！

走进电影院，在朦胧的光中找到自己的座位，却无法接受电影所展示的一切。我为五分钱严重地感到不安。

我记得我是在十六岁那年忽然发现自己爱上了她。她比我大两岁，常常爱护我，在村里干活时教我干这干那，安慰我没有能够升学而受伤的心。可是我突然爱上了她，而她却不知道我隐秘的爱情。

这一切自然成了泡影，她一直以姐姐待我，我也从未敢流露我成人式的爱。后来我们不常见面，我到外地找事做去了。但曾经发生的那一种温情时常灼痛了我空虚和浮躁的心。不久，我在外地听到她的种种不幸：大弟意外丧生，父亲卧床不起，而她受母命逼迫不得不嫁给一个她不爱的人。在我的想象中她的面容是憔悴的，只有眼睛在闪烁着些许希望之光。

已经有整整三年没有见面了，想不到在今晚的这个地方这个时候，由于五分钱，我和她重逢了。这是必然还是偶然？我说不清。虽然，我听到她许配婆家的消息时，曾悔恨不已，但在内心我何尝不祝愿她美满幸福呢？而且，我一直以为她消沉下去了，想不到她比以前更漂亮更朴实更有精气神，无论如何，我由衷地为她感到高兴和欣慰。

两个小时当中，电影院银幕上的电影热火朝天，我却视若无睹。我只在心里的银幕上一幕一幕演着自己的故事。我在怀念我的初恋，我在珍藏我的爱情。我感谢今晚这五分钱。为了这五分钱，我将再一次叩响心灵中那一扇熟悉而陌生的门扉。但，为了她，为了我，为了那段岁月，我永远不会向她袒露我心中的爱情。

即使三十多年后，当我们在村街上邂逅，旁若无人地共同回顾那个五分钱的故事时，我都没有向她丝毫提及我的那份曾经的暗恋。

等待小偷

自古以来，就有这样一种不劳而获之人，其堂堂者称为大盗，戚戚者称为小偷。其实，谓小偷不劳而获也不全对，因为小偷总要于日间频繁窥探太阳西进的位置，又要于夜深人静时，蹑手蹑脚地穿街过巷，绕林跳沟，直到找准下手的人家时，还要蹲伏良久，伺机翻墙撬门，总之，很辛劳，也需要些职业素养。小偷在"盗界"内部之所以受诟病，无非是因为，高手如某些大盗是在"河里捞"，而他们却是在人家大盗的"箩里摸"，盗人所盗，投机取巧，令人不屑。不过，照我的认识，小偷的特点就是只能偷偷小康之下的人家，对小康户（或曰中产阶级）他基本无办法下手，因为小康户防盗设施较全，一般在木门之外又设了一道铁门。这就形成了一个怪圈，真正有钱的人家没怎么听说过他失了盗，而无甚大油水的人家却老是被偷，因而老是倒霉。小偷之"小"，由此可见一斑。

都说这些年年景不错，我老婆就瞒着我到庙里求了一签，签上说，这一年我这个一家之主的运势不错（而我心里说，屁，我在厂里被搅进一场权力斗争的旋涡中，进退失据）。我老婆建议（实则决定），说今年家里要是造房子一定也不错。我一怔，以为听错了，就凭我们的万把块钱就想造一幢房子？我老婆是那种虽固执却能干的女人，由于她的多方努力，秋天的时候两间两层的小楼房就真盖起来了，使一些熟人以为我在厂里发了横财。然而有钱买马，无钱置鞍，不说地板砖没铺，就是前后两扇门的锁也没钱安，只好各安了一根插销，小偷如果光顾，只需费吹灰之力，就能登堂入室，但这也就说明了这个小偷没甚眼力。

这个秋天，住上楼房，我们一家连孩子都跟着有成就感，觉得爸妈有本事。大家该干什么干什么，欠一屁股债也不着急。转眼又过了好几个月，麦收时节到了，我老婆高高兴兴利利索索地将地里的油菜收拾停当，用蛇皮袋装了满满十几大包，堆在楼下大厅里，等着过几日去油坊兑油。就在这天，我在厂里的办公室听说有位老兄家近日被贼偷去几百斤麦子，我便打听这位老兄属相是什么，答曰属兔，我就在心里说，要是属虎就好了。我在一本书上看到，属虎的男人居家过日子有三防：防火、防盗、防妻子外遇。我就是属虎的。下班回家，我像讲故事似的向老婆讲了那位老兄的倒霉事。这天夜里我睡得少有的香。第二天早晨六点钟，我被一声叫喊惊醒，原来是老婆在喊油菜籽不见了。我急忙下床去看，果然一堆袋装的油菜籽无影无踪了。知道被偷，我傻了眼。老婆又喊，一只装满了香油的塑料壶也不见了。我顿时有了一种被人监视、欺负、捉弄和玩弄于股掌的不安全感，而且想到这一年来在单位里老是处在人事上的尴尬境地，左右不是人，便更有一种倒霉感。真是"虎落平阳被犬欺"，"人倒霉喝凉水也塞牙齿"！一家人又忙着检查其他物件，发现液化灶、电饭煲等一应俱全，他妈的小偷也是"术业有专攻"，光顾我家的就是专偷油菜籽和香油的贼。

我岳母闻讯赶来，对着大街开骂，怀疑是熟人所为，引得不少人来看。人散去后，岳母劝道，破财消灾，只要人旺相就是大吉。为了安慰我们，岳母还讲了一个故事：古时候有一个人长期外出做生意，家中老婆耐不住寂寞，与一个屠夫私通上了。年关将近，"有钱无钱，回家过年"，生意人到家的那天，已是夜半三更之时，恰巧碰到那对奸夫淫妇正在行苟且之事，一场打斗，生意人不是屠夫的对手，被杀死，而那个淫妇不念夫妻之情，竟帮着奸夫将丈夫的尸体偷偷埋在院子里。案子报到县衙门，县官许多天破不了案，正发愁，有个毛头小子跑来自称可帮助破案。原来这小子是个小偷，那天天还没黑，他就跑到那户人家"卧底"，爬到高架子床顶伏着不动，准备夜深人静时发点小财，杀人的过程和埋尸的细节他全部看得清楚。那个小偷因对破案有功，受到了县官的宽恕乃至奖励。

原来有此来历，而且据报章披露，当代还有了升级版——现在有些官员的贪腐案也是因为小偷的偷盗才东窗事发的。难怪小偷历来只可打不可杀，我心中稍觉安慰。但倒霉感和不安全感总是驱之不尽，特别是未能与小偷照上一面，总觉得还处在被算计中。为了防患于未然，夜里总要神经质地检查好几遍门窗，还在门后搁了一把锹，两眼盯着有些光亮的窗外，在黑灯瞎火中等待小偷再来，摆出的是一副"你小子敢再来，老子就叫你有去无回"的架势。

有时烦了也想去偷一家，以此作为抵消和泄愤，但"如果你自家的窗户是玻璃做的，就不要向邻居扔石头"这句话猛地提醒了我，于是觉得这么干实在不地道，乃罢。

危险的爱好

不知从何时起，为了多挣钱、发大财，大家都鼓着一股劲，憋着满腹志气，昂首阔步，往来似风，那忙忙碌碌的气势、一招一式的功夫，煞是好看。但也有弹出不和谐音的落伍者，则大煞风景。

我就是这样的人。

"万般皆下品，唯有读书高""耕读传家"云云，已颇不时髦了，而我竟爱好阅读（业余时间在家不为争文凭之类的随便读书）。我并非本来就爱好读书，讲句实话，读书是种危险的爱好。首先，读书有四累：手累、脑累、眼累、脚累；脑、眼之累自不待说，手累是因为读时要不断地捧、翻书，甚或在自认为精彩抑或重要句段上要用色笔勾勾画画，此皆须劳烦手，尤其是躺在床上读的时候。而脚累是因为要经常跑书店购书，有事到城市还要抽时间寻觅书店、书摊，故此累更甚。其次，读书有三得罪：一曰得罪老婆，因为工资常未能如数交给她，截留的部分自然是拿去换了书；二曰得罪一对小儿女，因为未能应他们的要求带他们去逛街、玩耍；三曰得罪高朋，因为不当他们的牌友，使他们觉得我无趣，也使他们无趣。试想，一个人整天头昏脑涨、清高得很，使妻不喜、子不乐、友不快，其危险可知。

细究我爱好读书之原因，显非为了追求高雅和博学，实则只有一个：为打发时间。我的秉性直了点，心肠软了点，魄力小了点，资历浅了点，阅历薄了点，故在单位里尚不堪大任，用不着下了班还要眼观六路耳听八方点面结合地或上或下、或左或右、上蹿下跳地活动、疏通、亲近、打探、钻营等等。那么时间怎么打发？在家读读书便是最好的消遣，尽管"笨蛋、呆子才读书"嘲笑的就是我这种人。还有，我什么都不会玩，搓麻将、打扑克、推牌九、跳舞、钓鱼等一概不会、一窍不通，此可谓之"五不通"。其实并非我不想潇洒潇洒，委实是脑子笨学不会，又特喜独处，厌倦、不适应诸多组织性的、群体性的、尔虞我诈性的、机巧性的、斗智性的以及装模作样性的活动。倘能搂着一个倩女或艳妇的腰舞上几圈，想必也是颇有情趣的，可惜我福气太浅。于是譬如每逢"三缺一"时，朋友总是对我十分愤慨又无可奈何。久而久之，时间怎么打发？只好随便读读书了。

或问，既然以所谓读书为能事，总会读出些好处来吧？不好意思啊，好处寥寥，除前述的"四累""三得罪""五不通"外，其最有代表性的害处还有读书时要猛抽烟。这是大问题，一天两包香烟，费钱又伤身体，前景不堪设想。老婆有次斥责我曰："你看你爱好看书罢了，还搞得屋里烟雾腾腾，一到晚上全家人就像在战场上过日子，还跟着你无好吃无好穿，何苦来哉？！"闻此言我羞愧难当，发誓言决意戒那阿物，然而过后仍是一如既往，因为读书时不抽烟就无法读进去。呵呵，书烟原来是一体。

有时候，譬如现在，我就对自己讲："哎呀，你一介农夫，一个工厂务工的，既不是知识分子吃读书这碗饭的，更不是这家那家的，读什么书呢？害得那么多人有看法，你真不是个玩意！"但我绝没有悔过之意，而仍固执着。

诸如"存在即合理的""我思故我在"之类的哲人们的话使我感到踏实。贝多芬曾说过的一句话更使我常读常新，感动不已："伯爵，你之为你，是由于偶然的出身；我之为我，是靠我自己；现在的伯爵有的是，将来的伯爵也有的是，而贝多芬却只有一个！"是的，"你之为你""我之为我"，对照贝多芬这句雄阔之气十足的铮铮之言，我们的对书是不读放弃它，还是读好吸收它之髓，便不成问题了。我更是要绝对地说："人生一世，如同草木一秋，不去享受读书这种人间最美妙之乐，岂能算得上真正的'活着'！"

想想也是，坐在屋檐下不危险吗？走路过桥不危险吗？吃得太好"三高"等着你不危险吗？我爱好读书这个危险实在算不上一根毛！

简单的宽容

　　我从中午起就趴在桌上写啊写的，完全沉浸在自己虚构的故事里。

　　"老大呀，你去把秧田里的水放放，顺便驱驱麻雀，莫让这些瘟神把还没出苗的稻籽吃了！"母亲这样一遍遍地催着，但我没有动弹。她在门后的打谷场上边打菜籽边与人兴奋地说着话，父亲也在其中。嘭嘭嘭的打菜籽声震得屋里的地面也一阵阵地动，而空气中充斥着油菜秸的浓郁气息。

　　母亲干脆撂下连枷跑进我的房中数落着："都二十多岁的人啦，天天回来就写啊写的，活儿也不干一点，到底靠什么为生哟！"我很烦躁，嚷道："我又不是不知道，过一会儿去就是了！"

　　母亲没有再作声，我却感到了惭愧，于是收拾了一下桌上的东西，拿了把铁锹，走出了家门。

　　外面天气很好，夕阳流斜着道道金光，江堤上的草绿得像缎子。堤下的空地上，人们在用连枷击打着铺开的油菜秸。天空下的事物显得忙碌、有序而实在。我忽然怀疑起我每天的伏案爬格子是否有些意义。

　　抵达我家秧田，须经过一大排建在田畈中间的人家。因为前后出场都很局促，这些人家只能在门前铺开场子打菜籽，于是就拦住了过道。我在经过最后一家时便惹了点麻烦。

　　那家的汉子一边干活，一边与邻家的一个坐在地上抱着孩子的汉子说着话，他们不知为什么地争辩着。这个干着活的汉子有三十多岁，细高挑个儿，长着一张阔脸和两只神情茫然的眼睛。他的对面是他的老婆，也和他一样满头是汗。我低着头仔细地走，生怕踩坏那一层已从秸上脱离下来的圆圆的菜籽粒。终于从险区上成功地涉过，正自庆幸，不料却遭到这个正干着活的汉子的指责，他不紧不慢不轻不重地说："小伙子，你不是种庄稼的，就是眼睛有毛病，不然能从人家菜籽上踩过去？"

我的火不由得腾了起来，我觉得他那腔调带着怒气是小，关键还悠着一种暧昧的意味。我把铁锹重重地从肩上舞下来，他也极快地把靠在旁边草垛上的一根扁担提到手上，并用茫然的眼神极富挑衅地乜斜着我。空气好像凝住了，他老婆和另外那个抱着孩子的汉子一时不知所措。我知道他是个一贯好斗的主，而且很偏执，但我难道是好欺负的？

我虽然怒火中烧，脑子却还清醒，而且转得飞快，我脾气的暴躁是出了名的，曾多次与人打架，就包括与眼前的这位。为了改变我的这一恶名，这一年来我正在注重修身养性。我很明白，如果冲上去和他论理，难免恶语相向，你来我往必定发生纠缠，一纠缠就要开打，这无异于自己对自己失约，自己对自己失信。一时间我僵在那儿，没有作声，也没有做任何举动。

终于我把铁锹又扛到了肩上，然后向那汉子平静地看了一眼，脸上还带着微笑。他愣了一愣，接着挠了挠头，然后向我挥了挥手。双方的这一套动作形同儿戏，肯定会令旁观者感到莫名其妙。

我的心情在我来到秧田里后渐渐变得平静了，因为我又在处理与麻雀的关系上体会到了宽容的好处——我撵那些吃田里稻种的麻雀，却不纠缠它们，只要它们离开秧田，去田埂上寻觅，我就不再管它们，而它们好像也很配合，不一会儿就都飞到树上去了。双方都免去烦恼或伤害，这多好！

我忽然想到，许多事情都是这样：一方付诸宽容，另一方也会跟着宽容；其实这也不过是一种简单的态度，却能使双方得到重要的收获——麻烦被过滤掉，快乐溢了出来！

契入生命的苦与乐

尽管我们大多数人都极为平凡，无论怎么夸张，充其量也只能算是小人物，属于"沉默的大多数"，但这好像并不妨碍我们对人生对世界有着很单纯很质朴的感触；加上天生的表现欲，我们中的一部分人便在不知不觉中打破了沉默的僵局，那就是鬼使神差地、漫无边际地将自己所谓的心曲落到纸笔上，并以此为乐——既乐此不疲又苦不堪言，而一旦习惯了则难以放弃。

小学四年级时，有一次我胡乱写了篇作文，却不料被老师拿到班上当成范文念，竟还被推荐到五年级班上展示，几位老师对我恰当地运用了"三下五除二"一词赞不绝口。这篇作文和由它所引发的事我至今仍莫名其妙，从那以后的小学、中学的全部在读时间，我几乎受到历届语文老师的鼓励，他们说我将来可以成为作家。我就这样被客观主观地推上了爱好文学的祭坛。我因文学而独钟语文，将数理化英一概抛置不顾，以致到了最后关头连语文都没有考好，成了一名"回乡知青"。我并不怎么下地干活，一心只想当作家，惹得母亲好伤心。她劝过我一句话："孩子，做文章是世上最难的事，我们乡下人平常遇到难事时的一句口头禅就是：'怎么那么难哪，又不是做文章！'"而我根本听不进母亲的好劝歹劝，只管在家闭门造车。时正就读于安大数学系的我的一位中学同学宋培培，非常同情我，他想了很多办法一本接一本地从学校图书馆里搞出世界文学名著，寄到乡下来供我阅读。在较短的时间内，我得以读到托尔斯泰的《战争与和平》（包括董秋斯和高植的两种译本），还有莱辛的《拉奥孔》等。我开始投稿了，所投皆为大报大刊，自然每次都是黄鹤杳去、音讯全无。一时间我强烈地感到我并不是写文章的料子，非常灰心。

后来，我进了一家企业，算是有了相对稳定的工作，渐渐地便找回了当初那种盲目的自信，并且感受到那种盲目自信的重要性，因为它能够使我处在充满行动的热情的状态中，并亢奋起来。我常常问自己：一个生活在社会底层的普通劳动者，虽然生存境况较为艰难，难道就有理由轻看自己的精神力量吗？下班后，除了读和写，我什么事也不干，不打牌，不外出，只猫在家里的那盏油灯下面壁似的苦熬，在人们的眼中我成了不可思议的怪人。我的"大作"写满了好几个笔记本，有的誊抄下来寄出去了，却并不指望被采用，好像只为了完成一道不可或缺的程序。终于，我播下的种子开始从泥土中探出一棵苗来了：1987年7月25日，这是个我生命中值得纪念的日子，那天，市报副刊发了我一篇几百字的东西。当打开报社寄来的样报时，被工友围住的我激动得不知所措。由此自信心大增，更重要的是有了荣誉感和成就感。于是继续"折腾"，并发誓将"折腾"进行到底。

我们这些人的错误或者说正确，悲剧或者说喜剧，就在于不仅表达欲而且表现欲都太强。如今我在报刊上也算是经常发表文学作品了，也因此被人称为作家；而每次见到自己的文章和名字印出来时，总不免欣喜若狂，那份一如既往的亲切感和充实感，那份因苦而甜的快乐享受，真是无法形容。顺便说一句，如果有人（实际总是有的）在旁边看到我这种得意忘形的模样而感到不可理喻、不舒服的话，我是绝对不在乎的，说不定我还要对其做一个要么很可爱要么很可恶的怪脸。虽然我越来越感到自己的底子薄，写出一篇好文章难，但毕竟形成了这样的一种理念：写作的高处不在于写作本身，而在于它已成为我的一种生活方式，是我以书面的形式，开给后人的一份曾经有我这么个人在他们之前认真地活过的证明，而不在乎它是否速朽或长存。

我深知，幸与不幸，我都不是一个人在"战斗"，我们有一大群人在"战斗"，我们这一大群人的父母、妻儿、家庭，多多少少也受到我们弄出的"硝烟"的侵害。这是没办法的，因为这也是一种社会的生态、家庭的生态和命运的生态。我们已经顾及不到许多。我们也是有大笔财富的，尽管这会让另一类自认为拥有真正大笔财富者哂笑不已，但这没什么，被这类人哂笑也是我们历经不断"战斗"而赢得的一种成果。

然而，有时累了，力不从心了，在谋生路途中受到挫折了，特别是看到书店里浩如烟海的书，看到编辑桌上随便放置的大量稿件，我还是会感到写作难，感到没有意义、没有意思，觉得文学是无聊的事，不知道自己为什么要加入这个队伍。结果便是将纸笔抛弃掉，耷拉着脑袋奔出家门，或挤到牌桌子旁，或溜进舞厅里，并自问：你懂得和享受过生活吗？你的清高的伏案折磨是生活吗？这就是你的工作和生活位置吗？难道你不是愚不可及的人吗？但华灯美乐、酒酣耳热消停之后，我却被一种没有料到的叫人难以忍受的巨大的空虚感和寂寞感折磨着——一个声音在我尚看不到的地方发出：你的生命正在被时间不留痕迹地消磨着！这太可怕了！于是幡然醒悟、洗心革面地坐回斗室中，重新拿起要命的纸笔，打开炫目的电脑，继续涂鸦。坚持难吗？是的，但我仍在坚持，我决心将我的"坚持"进行到底！

管它意义不意义、意思不意思，我只求这样活着的生命意味！

跋 早晨的馨香

这是我的第二部散文集。

当我连续用三个夜晚把它初步编成，打开屋门时，才知道第四天实际已经从东方天际缓缓却又是坚决地降临了。有一抹鲜艳的朝霞正向我曳来，把我连同一排迟桂花树化成了新一天最早的一批主人。

我就这样站在杭州半山西麓的这排迟桂花树下，一会儿面向皖江方向，一会儿又环顾四面八方。无数契入我生命的名字从我的心海纷纷涌出。我仿佛看到我从未见过面的高祖父、曾祖父、祖父这三位乡村塾师从历史深处向我发出了欣慰的微笑。仿佛看到父亲还有三位伯父从天堂的一隅向我竖起了赞赏的拇指。我忽然感悟到，我之所以书写，其实是为了完成先人给我布置的作业，为了接受他们的传承，并向他们致敬。

需要感谢、必须致敬的，还有许多我的老师。小学和中学时的鲍凯銮、汪旭华、夏文胜、程大中、丁毅然等老师，他们无不对我的作文予以最慷慨的赞赏，使我深受鼓舞。写作投稿过程中，报刊社的沈天鸿、黄复彩、叶卫东、姚岚、魏振强、李凯霆、潘小平、红孩、蒋维扬、赵健雄、尚贵荣、李利忠、巴城、张森、刘洁、马丽春、戴煌等大多我连面都未见过的老师，他们不吝给我的作品大量发表的机会，使我得以在创作的过程中顺利成长。

必须感谢的还有我的各位亲人，他们以各种方式包容和支持了我，使我在艰难却也是温馨的环境中能够坚持写作。

东方既白，大地之上，经历黑夜遮蔽的山川河流，愈发明艳。迟桂花细小金黄的花瓣，嵌满枝杈，镶满路肩。世界馨香一片。

忽然，一只麻雀，从霞光中沐着朝露而来，落到一棵桂花树最斜向路边的一处枝头上，弹起了一丝只有它自己才能感受到的极轻微的风。它默然地望了我一眼，就在这一瞬间，让我电光石火般想起了我的一首诗，于是在这个早晨最后的一缕馨香中，我口噙诗香而归——

零距离，此时等于一万里 / 一万里也不过一瞬间 / 一只鸟 / 拥有一颗星球 // 它承载的是整个宇宙的倦怠、孤独和虚空 // 一粒稻子 一只虫子 一滴水 / 懂得它的心思 / 正如，一本书、一支乐曲、一只行囊 / 知晓我的乡愁 // 宿命的芦花，开出了限度 / 开出一层又一层巢的高度 // 渚上已无沙白 / 风动略过芦枝 / 流水的旧语 / 再也打不湿喙尖的风尘 // 留白回归到天空 / 不足以安置一只鸟的游弋 / 天光逝而又生 / 它咽下全部的心声 // 它来自何处 / 又将归于何方 / 嘘，万言万当 / 不如一默（《一只鸟的沉默》）

陈少林

2019.10.28 杭州